KB261101

오늘의 행복을 오늘 알 수 있다면

오늘의 행복을 오늘 알 수 있다면

KI신서 3840

오늘의 행복을 오늘 알 수 있다면

1판 1쇄 발행 2012년 3월 20일
1판 3쇄 발행 2012년 4월 12일

지은이 조근호
펴낸이 김영곤 **펴낸곳** (주)북이십일 21세기북스
부사장 임병주
MC기획1실장 김성수 **BC기획팀** 심지혜 양으녕 **해외기획** 김준수 조민정
편집실장 주명석 **편집팀장** 정지은 **책임편집** 박혜란 **디자인** 박선향
마케팅영업본부장 최창규 **마케팅** 김현섭 김현유 강서영 **영업** 이경희 정병철
출판등록 2000년 5월 6일 제10-1965호
주소 (우 413-756) 경기도 파주시 문발동 파주출판문화정보산업단지 518-3
대표전화 031-955-2100 **팩스** 031-955-2151 **이메일** book21@book21.co.kr
홈페이지 www.book21.com
21세기북스 트위터 @21cbook **블로그** b.book21.com

©조근호, 2012

ISBN 978-89-509-3596-2 03810
책값은 뒤표지에 있습니다.

오늘의 행복을
오늘 알 수 있다면

조근호 지음

21세기북스

오늘 더 행복할 수 있기를

2008년 3월부터 매주 월요일마다 직원들을 상대로 월요편지를 쓰기 시작했습니다. 당시 저는 검사였고, 대전지검장이 되면서 조직원과 어떻게 소통할 것인지가 중요한 관심사였지요. 조회를 할 수도 있고 면담을 할 수도 있었습니다. 그러나 공중에 쉽게 흩어지는 말은 그리 효과적이지 못하다는 생각이 들었습니다. 대신 직원들에게 글을 써서 보내면 직원들 가슴에 오래 남을 수도 있고, 또 혹시 느껴지는 바가 있으면 제게 답장을 할 수도 있으니 괜찮은 소통 방식이 아닐까 싶었습니다. 그래서 용기를 내 매주 월요일마다 편지를 쓰기 시작했습니다.

그렇게 시작한 월요편지가 오늘까지 이어져 벌써 4년 가까이 되었습니다. 처음에는 직원들만을 독자로 삼았던 편지가 점점 늘어 이제는 약 5000명의 독자에게 매주 이메일로 배달되고 있습니다. 이를 위해 www.mondayletter.com이라는 사이트도 만들었지요.

월요편지를 관통하는 가장 큰 주제는 '행복'입니다. 제가 검찰청을 경영할 때 부르짖던 행복경영의 일환이기 때문입니다. 행복경영을 실천하면서 과연 검찰청의 구성원들은 어떤 때 가장 행복할까 고민했습니다. 그런데 이 문제에 대해 연구한 분이 있었습니다. 그 분의 연구결과 조직원이 조직 내에서 행복감을 느끼는 1위부터 5위까지는 존중, 비전, 칭찬, 배움, 경청이었습니다.

조직에서 인격적으로 존중받는 것, 그것은 월급이 오르는 것보다 훨씬 더 중요한 일입니다. 친절한 상사와 무서운 상사 중에 친절한 상사와 일할 수 있게 되는 바람은 모두의 꿈일 것입니다. 저는 월요편지에 직원들을 향한 존중의 마음을 담았습니다.

두 번째는 비전입니다. 꿈이 없으면 어떤 조직에서도 행복하지 않습니다. 비록 작은 조직이지만 그 조직에 꿈이 있고 그 꿈이 나의 꿈과 이어질 때 우리는 행복감을 느끼지요. 저는 월요편지를 통해 꿈에 대해 수없이 이야기하고 있습니다. 그러나 아직도 부족해서 앞으로도 꿈에 대한 이야기는 계속될 것입니다.

다음으로는 칭찬입니다. 어떤 조사에 의하면 우리는 칭찬에 참 인색하다고 합니다. 제가 검사 시절 어느 후배를 1년 동안 지도한 적이 있었는데, 몇 년 후 그 후배가 자신의 섭섭함을 이렇게 토로했습니다. "저는 선배님께 칭찬받기 위해 밤을 새워 보고서를 썼습니다. 그러나 선배님은 1년 동안 한 번도 칭찬해주지 않으셨습니다." 그 후배는 검찰에서 이른바 잘나가는 엘리트 검사였습니다. 저는 칭찬을 하지 않았다는 사실조차 의식하지 못하고 있었습니다. 이제나마 월요편지를 통해 '칭찬'의 중요성과 실천을 강조하고 있습니다.

다음은 배움입니다. 교육은 사람답게 살아가는 법을 가르치는 방법입니다. 흔히 직장인들이 교육을 싫어한다고 여기지만, 직장인들 가슴 속에는 진정한 교육, 그들이 원하는 교육을 갈망하는 마음이 있습니다. 저는 월요편지를 통해 다양한 분야의 책을 소개하고 있습니다. 어떤 때는 제가 다 소화하지 못한 지식을 화두로 던져 토론의 장을 만들기도 합니다. 왜 그럴까요? 이를 교육의 일환으로 보고 있기 때문입니다. 저는 학자가 아닙니다. 많은 지식을 가지고 있는 사람도 아닙니다. 다만 많은 분야에 관심이 있는 사람이지요. 제가 가진 관심을 여러분에게 나누어드리는 것입니다. 지금까지도 그렇게 해왔고 앞으로도 그럴 것입니다. 때로는 그 문제 제기가 몹시 어설프고 수준이 낮을 수도 있습니다. 하지만 그것을 배워가는 것은 독자의 몫, 편지를 받는 사람의 몫이라고 생각합니다.

끝으로 경청입니다. 저의 월요편지에는 부모님 이야기가 많이 등장합니다. 가족 이야기도 많이 썼습니다. 그 핵심 주제는 경청입니다. 누군가의 이야기를 열심히 들어주는 것, 그것이 바로 경청입니다. 상대방에게 진심으로 관심을 가지는 것, 그것은 첫 번째 주제인 존중과도 맞물려 있습니다.

이 다섯 가지가 직장에서뿐만 아니라 개인의 삶, 가족의 삶, 그 모든 것을 관통하는 행복의 법칙이라고 생각합니다. 그래서 저는 이를 '행복의 5대 법칙'이라고 이름 붙였습니다. 월요편지는 앞으로도 계속해서 이 '행복의 5대 법칙'을 넘나들 것입니다.

저는 이미 2009년 3월 대전지검장 시절 썼던 마흔두 통의 편지를 묶어 《조근호 검사장의 월요편지》라는 제목으로 책을 출간한 바 있습니다. 이번 책은 그 이후 쓴 200여 편의 편지 중에서 많은 분들이 다시 꼭 읽어봤으면 하는 것들만을 선별해 '행복의 5대 법칙'인 존중, 비전, 칭찬, 배움, 경청이라는 순서로 재구성한 것입니다. 다시 읽으며 일부 고치기도 했지만, 대부분은 편지 작성 당시의 느낌을 최대한 살리고자 노력했습니다.

때로는 월요편지를 진행하면서 괜한 고생을 사서한다는 생각도 들었습니다. 누가 시킨 것도 아니고 안 한다고 뭐라고 할 사람도 없습니다. 그러나 이제 월요편지는 제 행복의 한 방식이 되었습니다. 이 월요편지에는 다른 분들을 향한 존중의 마음도 담겨 있고, 다른 분들과 나누는 저의 비전도 담겨 있습니다. 또 서로를 칭찬하기도 하고, 때로는 끊임없이 공부하는 교육의 모습도 담겨 있지요. 그리고 지속적으로 월요편지를 통해 이야기하면서 결국은 저 역시 이야기를 경청하고 있는 셈입니다. 또한 실제 답장을 통해 여러분의 말씀을 경청하고 있기도 하구요.

행복은 자전거타기처럼 연습이 필요하다고들 합니다. 그러나 더 중요한 것은 오늘 우리에게 이미 와 있는 행복을 알아차리는 연습입니다. 이 책은 이미 여러분 곁에 와 있는 그 행복을 알아차리게 해드리는 역할을 하고 싶습니다. 앞으로도 저의 월요편지는 계속될 것입니다. '오늘의 행복을 오늘 알 수 있다면' 하고 아쉬워할 지도 모르는 저와 여러분의 삶을 위해서 말입니다.

차례

PART 4_배움, 고난을 통해 얻게 되는 기쁨

PART 1

존중, 보이지 않는
관계의 열쇠

남편 여러분, 가정에서 선의의 독재를 하고 있지 않으신가요?

여러분은 종종 배우자와 편지를 주고받으시나요? 저도 거의 쓰지 않는 편인데, 정말 가끔 크게 부부 싸움이라도 할라치면 반성문 비슷한 편지를 쓰곤 합니다. 어느 날, 옛날 문서들을 정리하던 아내가 저에게 편지 한 통을 보여주었습니다. 그것은 2004년 5월 26일 제가 아내에게 보낸 편지였습니다. 아내는 그 당시에 비하면 지금 나의 모습이 참 많이 달라졌다며 낯간지러운 칭찬도 곁들였습니다. 사생활을 드러내는 것 같아 민망한 마음도 없지 않지만, 여러분들의 부부관계도 크게 다르지 않을 것 같아 조심스레 소개해봅니다.

여보! 어제 일은 미안했소. 광주로 내려오는 비행기 안에서 도대체 무엇이 잘못되었는지 곰곰이 생각하다가 아래의 결론에 도달했소. 아래 글은 내가 오늘 아침 쓴 일기요. 여기에 나의 생각이 정리되어 있으니 읽어보기 바라오.

2004년 5월 26일

집안에서 내가 어떤 존재인가를 곱씹어보게 하는 하루였다. 나는 항상 가정을 위해 무언가를 할 때도 내가 식구들로부터 인정받을 수 있는 게 무엇인지 생각하며 내가 좋아하는 것 위주로 선택하는 경향이 있다. 아니 늘 그렇다.

즉, 희생이 없는 것이다. 가족들이 필요한 게 무엇인지 살피고 내키지 않아도 그들이 원하는 것을 해주는 것. 나는 그런 일을 거의 해본 기억이 없다. 가족에게 희생한다고 하지만 결국 나의 만족을 위해서지 진정한 의미의 자기희생은 없었던 것이다. 자기희생이 없는 리더십은 존재할 수 없다는 단순한 사실을 늘 망각하고, 아니 외면하고 살아온 것이다.

아내와 큰딸 윤아, 막내아들 정민이 그리고 나 사이에 벌어지는 모든 갈등의 원인은 여기에 있다. 먼저 그들이 진정으로 원하는 게 무엇인지 진지하게 물어보고 혹 그것이 나의 생각과 다르더라도 상대방의 입장을 충분히 고려하며 대화를 통해 결정을 내려야 하는 게 옳다. 그런데 나는 늘 일방통행이었다. 가족들을 위한다는 명분으로 선의의 독재를 해온 것이다. 드디어 그

독재가 반발을 불러일으켰다.

아침부터 무엇을 할까 고민하다가 가족들을 데리고 국립박물관과 인사동을 가기로 했다. 내 생각에는 그것이 정민이에게 교육적일 것 같아서였다. 그러나 정민이의 반응은 "No!"였다. 여건도 여의치 않았다. 2시 반에 과외가 있는 정민이는 미리 숙제를 하고 가야 하는 상황이었다. 정민이가 숙제를 하느라 시간을 보내는 사이 내 마음은 점점 닫히고 있었다. 나의 선택은 잠을 자는 것으로 반감을 드러내는 것뿐이었다. 자고 일어나니 1시 반. 이미 계획은 모두 어그러지고 아내는 1시 예배에, 정민이는 내가 싫어하는 컴퓨터 게임에 열중하고 있었다.

나가기 싫어하는 정민이를 끌다시피 해서 강아지 버키를 데리고 산책을 나섰으나 하늘도 나를 도와주지 않았다. 비가 내리는 게 아닌가. 하는 수 없이 주차장에서 버키와 달리기도 하고, 정민이와 축구도 했다. 집에 들어와 버키를 목욕시키고 있는데, 아내가 돌아왔다. 목욕을 마무리하고 정민이 과외가 끝나기를 기다렸다가 우리는 집을 나섰다.

퇴계로의 애견센터에 들러 강아지 구경도 하고, 버키를 위한 용품도 사고, 아셈센터 책방에 들러 정민이 영어책도 샀다. 여기서도 작은 충돌이 일어났다. 나는 정민이를 위해 미국 초등학교 교과서 중 사회 분야의 교과서를 사서 읽을 것을 권했고, 정민이는 나의 판단으로는 별 필요도 없어 보이는 과학 교과서를 사서 읽겠다는 것이었다. 옥신각신 끝에 아내는 정민이 편을 들었고 나의 심사는 다시 뒤틀리기 시작했다. 교재까지 아이 중심으로 고르다니, 말도 안 된다 싶었다.

저녁을 먹기 위해 아셈센터 지하보도를 걸으면서 드디어 갈등이 폭발했다. 쌀국수(나는 무척 싫어함) 타령을 하던 정민이는 급기야 집에 가서 생생면을 끓여먹자는 것이었다. 안 된다고 하자 기껏 양보한 게 짜장면. 도대체 저 나이 때의 나에게도 주장이라는 게 있었을까 생각해봤지만 기억이 없다. 중국집에 앉아 나는 아내에게, 어떻게 아이 교육을 이렇게 시키느냐며 참았던 화를 터뜨렸다. 아이를 앞에 두고 해서는 안 될 말까지 퍼부은 것이다. 그러고는 나 혼자 앞서 주차장으로 걸음을 옮겼다. 일순 모자란 놈이라는 자책이 머리를 쳐들었지만, 원인이 무엇인지 찾을 길이 없었다.

이제와 일기를 쓰며 생각해보니 나의 문제는 자기희생이 부족한 탓이었다. 정민이에게 사과의 편지라도 써야겠다.

이 편지를 읽고 "허허, 이거 내 이야기 하는 거네!" 하는 남편 분들 있으시겠지요? 또는 "이거 완전 내 남편 이야기인걸!" 하시는 아내 분들은 더 많으실 겁니다.

대부분의 대한민국 남자들은 자기중심적입니다. 그러나 그들은 그 모든 게 가족을 위한 것이라고 굳게 믿고 있습니다. 단지 그걸 몰라주는 가족이 야속하고 답답할 뿐이지요. 하지만 관점을 바꿔 가족을 바라보니 나의 역할은 가족들을 행복하게 해주는 것이고, 그러기 위해서는 내가 원하는 일이 아니라 바로 가족들이 원하는 일을 해주는 것이었습니다.

그런데 우리네 보통의 가장들은 그렇게 하면 집안 꼴이 말이 아니게 된다고 굳게 믿고 있습니다. 하지만 진짜 그렇게 되는지 한번 실험해보세요. 저 역시 벌써 1년 9개월을 그렇게 살고 있는데, 저희 집 아직 멀쩡합니다. 오히려 그 전보다 훨씬 더 가족관계가 좋아졌지요.

남편이자 아버지인 여러분, 사실 집안에서 우리가 왕따가 되고 있다는 사실을 아시나요? 아내와 아이들이 한편이 되어 자기들끼리 쉬쉬하며 우리를 경계한다는 사실을 아시나요? 저도 얼마 전에야 이야기를 듣고 비로소 알게 되었습니다. 혹시 변하기 전 저의 독재스러운 옛모습처럼 살고 계신 분이 있으시다면 한번 변신을 시도해보세요. 세상이 달라집니다. 행복해집니다.

사람과 편안하게
지내는 법

신정에 설을 지내는 우리 집은 구정 연휴가 되면 아내와 단둘이 보내는 시간이 많습니다. 지난 구정 연휴에도 아내와 부산에서 지냈습니다. 아내와 단둘이 연휴를 보낸다면 그 결과는 어떨까요? 몇 년 전만 해도 말다툼을 하느라 서로에게 상처만 안겨주었었지요. 그런데 이번에는 달랐습니다. 연휴가 끝나고 아내가 서울로 돌아가자 부산고검장 관사가 허전하게 느껴지면서 아내가 다시 내려왔으면 하는 마음이 드는 것이었습니다. 그렇다고 우리가 붙어 있는 시간 내내 재미있는 일을 한 것도 아닌데 말입니다. 하루 종일 아내는 책을 보고 저는 인터넷을 하며 보낸 날도 있습니다. 늘 부딪치며 살던 부부가 나이가 들어가니 어느덧 편안한 사이가 된 것입니다. 무엇이 이런 변화를 불러왔을까요.

《사람으로부터 편안해지는 법》의 저자 소노 아야코는 그 책을 통해 우리에게 여러 가지 충고를 해줍니다. 타인과 편안한 관계가 되기 위해서는 어찌해야 하는지 말입니다. 오늘은 그 책에 등장하는 주옥같은 잠언들을 곱씹어보는 시간을 갖겠습니다. 먼저 저자는 모두를 있는 그대로 봐주어야 한다고 강조합니다.

맞벌이 아내와 사는 것은 아내가 가사를 최우선으로 생각하지 않는다는 의미이기도 하다. '만사 적당히'라고나 할까. 청소는 아예 손을 놓음을 원칙으로 하나 어느 날 집안에 먼지가 둥둥 떠다녀 그냥 볼 수 없을 정도가 되면 서둘러서 청소를 하면 그만이다. 그런 생활 방식이 최선이 아니라 할지라도 그럭저럭 납득이 간다면 족하다. 그리고 먼 훗날 그때를 돌이켜 보며 '그 당시는 참 정신없었어. 정말로 힘든 생활이었지' 하고 웃을 수 있다면 대성공이다.

저도 아내와 집안 정리정돈 문제로 20년 가까이 다투었습니다. 그런데 있는 그대로 받아들였더라면 훨씬 더 쉬웠을 거라는 생각이 듭니다. 소노 아야코는 우정도 마찬가지라고 조언합니다. "친구들과 취향이 다르긴 해도 우정에 지장이 없는 이유는 우리들이 서로 '있는 그대로'를 인정하며 상대방의 본질적인 부분을 심하게 비판하거나, 침범하지 않고 있기 때문이리라"라며, "친구를 좋은 사람, 나쁜 사람으로 가르는 마음은 좋지 않다. 좋은 사람은 많겠지만 모든 면에서 다 좋은 사람이란 없다. 나쁜 사람도 가끔은 있겠지만 정말로 나쁜 사람이란 극소수다. 사귀기 힘든 경우도 있지만 그것은 상대가 나빠서가 아니라 생활방식이 다를 뿐이다"라고 덧붙입니다.

공감이 가십니까? 그러면 소노 아야코의 이야기를 좀더 들어보겠습니다. 그녀는 개인의 평범함, 야무지지 못함 그리고 열등감까지도 편안하게 그대로 받아들이라고 합니다.

누구나 어느 정도 악의 냄새를 풍길 만한 소지를 지니고 있음을 자각하는 사람은 좋은 인상을 갖고 있다. 열등감 또한 인간적이다. 자신은 나쁜 일을 일체 하지 않는다고 생각하는 사람에 비하면 나는 얼마나 다행인지 모르겠다.

(중략)

내가 자란 가정에 불화가 있었던 것은 아버지의 엄격한 성격 탓이었다. 아버지는 오늘 할 일은 반드시 오늘 한다는 신조를 가지고 있었다. 그것을 게을리 한 가족들을 결코 용서하지 않았다. 그래서 나는 반대로 '내일 할 수 있는 일을 오늘 하지 않는다'로 나의 약점을 인정하고 타인에게는 관대한 사람이 되고 싶었다. 적당히 야무지지 못한 것도 지혜다.

(중략)

어느 키 작은 아이의 생각입니다. '그래 나는 땅꼬마다. 보통 키의 아이들과 나란히 서도 땅속으로 가라앉는 느낌이다. 하지만 나는 나쁘지 않아. 나와 함께 있으면 상대는 아마 기분이 좋겠지. 그 으쓱한

기분을 내가 그 녀석들에게 선사한 거라고 생각하기로 했어.' 얼마
나 어른스러운가요.

여러분의 평소 생각과 같은가요, 아니면 많이 다른가요? 세상
이치는 이렇게 생각하기에 따라 달라집니다. 그렇다고 노력도 하
지 않은 채 적당히, 야무지지도 않게 열등감을 가지고 살자는 말은
아닙니다. 자신의 그런 약점을 너무 조바심 내거나 비관하지 말고,
타인의 약점도 편안한 마음으로 이해해주자는 것입니다.

소노 아야코는 타인과 살아가는 지혜에 대해 이런 몇 가지 이야
기를 덧붙입니다. "도쿄 토박이들은 예를 들어 메밀국수집 문 앞
의 휘장을 들어 올려 몸을 구부리는 순간, 아는 사람 얼굴이 보이
면 그 가게에는 들어가지 않는다고 합니다. 거리를 거닐면서 아는
사람을 보더라도 절대로 말을 걸지 않고 못 본 척 슬쩍 지나간다고
합니다. 불필요한 일로 남의 감정에 개입해서는 안 된다는 도쿄 토
박이의 배려심 때문이랍니다." 정말 가슴 깊이 와 닿는 부분입니
다. 정이 많은 우리 정서에는 걸맞지 않은 이야기일 수도 있지만
타인의 일에 지나치게 간섭하는 한국 사람들로서는 이런 도쿄 토
박이들의 타인에 대한 배려심을 한번 곱씹어볼 만합니다.

"겸양과 관용은 인생에서 마약과 같은 것입니다. 두 가지 맛을
안 사람은 이것이 없으면 살아갈 수가 없죠. 그러나 흥미로운 것은
두 가지 중 어느 것도 타인에게 요구해서는 안 된다는 사실이지요.
자신에게만 요구해야 합니다." 이 또한 우리네 삶에 참으로 필요한

덕목이 아닐까 합니다. "동행자는 항상 밝고 명랑한 기분을 지니고 있지 않으면 안 된다. 상대가 어떤 사람이든 비판은 일체 하지 않는다. 이런 원칙을 지키지 않기 때문에 여자끼리의 여행은 우정의 묘지라고 하지 않는가." 결코 제 말이 아닙니다. 이 글을 쓴 소노 아야코는 여성입니다. 그녀는 이런 말로 끝을 맺고 있습니다. "죽는 순간 어느 정도 과분한 일생을 살았는가는 얼마만큼 깊이 사랑하고 사랑을 받았는가로 판단할 수 있다."

나이가 들면서 편안해지는 사람이 있는가 하면
반대로 점점 까칠해지는 사람이 있습니다.
여러분은 어떤 사람이 되시렵니까?

오늘도 소중한 사람을
잃고 있지 않나요?

이야기 하나

영국의 한 시골 마을, 부잣집 소년이 연못에 빠져 거의 죽게 되자 가난한 집의 수영을 잘하는 소년이 그를 구해주었습니다. 그 후로 둘은 친구가 되었습니다. 어느 날 부잣집 소년이 친구에게 이렇게 말합니다.

"너의 소원을 하나만 말해줄래? 너의 소원을 꼭 듣고 싶어!"

그러자 가난한 집 친구가 대답합니다.

"내 꿈? 내 꿈은 런던에 가서 의학을 공부하는 거야!"

부잣집 소년은 친구의 소원을 자기 아버지에게 이야기했고, 마침내 가난한 집 소년은 부잣집 친구 아버지의 도움으로 런던에서

의학 공부를 한 뒤 의사가 되었습니다. 그가 바로 페니실린을 발견한 알렉산더 플레밍입니다. 그런데 페니실린을 발견한 지 얼마 되지 않아 플레밍은 그 부잣집 친구가 폐렴으로 위독한 상태에 빠졌다는 소식을 듣게 됩니다. 플레밍은 페니실린을 들고 급히 달려가 친구를 살려냅니다. 그렇게 살아난 친구가 바로 제2차 세계대전의 영웅 윈스턴 처칠입니다.

이야기 둘

권정생 선생님의 동화 《강아지 똥》 이야기입니다.

돌이네 흰둥이가 골목길 담 밑 구석에 똥을 누었습니다. 날아가던 참새 한 마리가 "똥! 똥! 에그, 더러워!" 하면서 가버렸습니다. 강아지 똥은 그만 서러워서 "으앙!" 하고 울음을 터뜨렸습니다. 시간이 지나고 강아지 똥은 곰곰이 생각했습니다.

'난 더러운 똥인데, 어떻게 착하게 살 수 있을까? 아무짝에도 쓸모가 없을 텐데…….'

봄비가 내렸습니다. 강아지 똥 앞에 파란 민들레 싹이 돋아났습니다.

"넌 뭐니?"

강아지 똥이 물었습니다.

"난 예쁜 꽃을 피우는 민들레야."

"어떻게 그렇게 예쁜 꽃을 피우니?"

"그건 하늘에서 비를 내려주시고, 따뜻한 햇볕을 쬐어주시기 때문이야."

"그래, 그렇구나."

"그런데 한 가지 꼭 필요한 게 있어. 네가 거름이 되어주어야 한단다."

"어머나! 그래? 정말 그래?"

강아지 똥은 얼마나 기쁜지 민들레 싹을 힘껏 껴안아버렸습니다. 그날부터 사흘 동안 비가 내렸습니다. 강아지 똥은 온몸이 비에 젖어 자디잘게 부서졌고, 땅속으로 스며들어가 민들레 뿌리로 모여들었습니다. 봄이 한창인 어느 날, 민들레 싹은 한 송이 아름다운 꽃을 피웠습니다. 향긋한 꽃 냄새가 바람을 타고 퍼져나갔습니다.

이처럼 우리는 서로에게 플레밍도 되고, 처칠도 될 수 있습니다. 또 아무짝에도 쓸모없지만 예쁜 민들레꽃을 피우는 강아지 똥이 될 수도 있습니다. 우리들의 만남은 참 소중한 것입니다. 여러분은 매일매일 일어나는 다른 사람과의 만남을 얼마나 소중하게 여기며 살아가고 계신가요.

최근 3개월에 걸쳐 수년간 받았던 명함을 정리했습니다. 그 양이 엄청나서 시간이 꽤 많이 걸렸습니다. 그런데 명함을 정리하다가 놀라운 사실 하나를 발견했습니다. 명함 중 수백 장은 그분의 직함이 적혀 있음에도 불구하고 언제 어떤 경위로 받은 것인지 도무지 기억나지 않는다는 것이었습니다. 하는 수 없이 그 명함은 주소록에서 삭제해버렸습니다. 명함의 주인공은 나에게 자신을 기억시키고자 정성껏 명함을 건네었을 텐데, 몇 년이 지나고 나는 그분이 누구인지 전혀 기억하지 못하는 일이 발생한 것입니다. 여러분은 이런 경험이 없으신가요? 끝내 기억해내지 못한 그분들에게 미안한 마음을 금할 수 없었습니다.

불교에서는 만남을 인연이라고 하지요. "집채만 한 바위 위로 떨어지는 한 줄기 낙숫물 방울이 바위를 뚫는 시간이 겁인데, 그것이 1억 번 쌓인 억겁의 세월이 흐르고 나서야 만날 수 있는 게 인연이다"라고 말입니다.

이처럼 소중한 게 우리네 만남인데 저는 이를 너무도 소홀하게 여겼던 모양입니다. 그래서 최근 들어서부터는 마주하는 분들과의 만남을 소중히 하기 위해 만남의 장면을 사진으로 기록합니다. 그런 뒤 사진을 파워포인트로 정리해서 다음날 그분께 이메일로 보내드리고 있습니다. 반응은 폭발적입니다. 저에게는 사진 일기의 역할을, 그분들에게는 만남을 소중하게 만드는 기억 창고의 역할을 하는 셈입니다.

잭 캔필드와 마크 빅터 한센의 《우리는 다시 만나기 위해 태어났다》라는 책을 보면 이런 대목이 있습니다. "내가 지나온 모든 길은 곧 당신에게로 향한 길이었다. 내가 거쳐 온 수많은 여행은 당신을 찾기 위한 여행이었다. 내가 길을 잃고 헤맬 때조차도 나는 당신을 향해 걸어가고 있었다. 그리고 마침내 내가 당신을 발견했을 때, 나는 알게 되었다. 당신 역시 나를 향해 걸어오고 있었다는 사실을.”

그렇습니다. 우리 모두는 이런 식으로 만났습니다. 다만 그런 사실을 깨닫지 못했을 뿐이지요. 여러분은 앞으로 우리 앞에 다가올 수많은 만남을 어떻게 만들어나가시겠습니까?

만남에는 여러 종류가 있습니다. 그 만남을 어떤 색깔로 칠하느냐 하는 것은 우리들의 몫이지요. 여러 가지 만남 중 여러분은 어떤 만남을 택하시겠습니까?

가장 잘못된 만남은 생선과 같은 만남입니다. 만날수록 비린내가 묻어오니까요.

가장 조심해야 할 만남은 꽃송이 같은 만남입니다. 피어 있을 때는 환호하다가 시들면 이내 버리니까요.

가장 시간이 아까운 만남은 지우개 같은 만남입니다. 만남이 순식간에 지워져버리니까요.

가장 아름다운 만남은 손수건 같은 만남입니다. 힘들 때는 땀을 닦아주고, 슬플 때는 눈물을 닦아주니까요.

자식은 액세서리가 아니라
친구여야 합니다

어느 가정의 모습입니다. 초등학생 아들이 집에 친구를 데리고 왔습니다. 아빠가 아들에게 묻습니다. "쟤 너보다 공부 잘하니? 아버님은 뭘 하시니?" 아들은 이런 아빠에게서 어떤 세상을 배울까요? 나보다 나은 사람만 사귀어야 하고 집안이 좋은 아이들하고만 어울려야 한다는 것을 배우겠지요. 그렇다면 과연 그 공부 잘하는 아이의 아버지는 자기 자식이 공부 못하는 집 아들과 사귀는 것을 탐탁하게 여길까요?

대부분의 부모들은 자식을 통해 자신들의 한을 풀려고 합니다. 자신들은 학창시절 공부에 별 재능이 없었어도 아이들만큼은 성적이 뛰어나기를 바라고, 자신들은 운동을 잘하지 못했어도 아이들만큼은 프로선수 못지않기를 바랍니다. 이 세상의 부모들은 모두 자신의 아이들이 천재이거나 슈퍼스타이기를 희망하지요. 현실적으로 그럴 수 없다는 것을 잘 알면서도 자신의 바람을 아이들에게 투영하기 때문입니다.

그러다가 학년이 올라가면서 내 자식이 그저 평범한 아이라는 사실을 깨달으면 아이들에게 실망하고 서운해하며 때로는 화를 내기도 합니다. 그 순간 감정을 잘 컨트롤하지 못하면 아이들과 부모 사이에 깊은 감정의 골이 생기고 맙니다.

자식은 부모의 액세서리가 아닌데도 불구하고 부모들은 자식 자랑을 통해 뿌듯함을 느끼고 싶어 합니다. 팔불출 소리를 듣더라도 말입니다. 그런 면에서 자식들은 부모의 영원한 액세서리이지요.

저도 딸과 한동안 이런 관계를 유지해왔습니다. 하지만 딸은 저의 기대처럼 뿌듯한 액세서리 역할을 해주지 않았습니다. 급기야 대학입시에서 떨어지자 딸이 하는 모든 일이 미워 보이기까지 하더군요. 무시하고 화내고 닦달하고, 그래서는 안 된다는 것을 알면서도 제 감정을 추스르지 못했습니다. 그런 저를 보며 아내는 "당신 그러다가 훗날 후회하게 될 거예요"라며 경고까지 했습니다. 그 후 딸은 재수 대신 유학을 선택했고 미국에 있는 대학교에 합격했습니다. 3년 전의 일입니다.

저는 가정의 평화를 위해 딸아이에게 공식적으로 사과했습니다. 그러나 저와 딸 사이에는 여전히 풀리지 않은 매듭이 있다는 사실을 저도, 딸아이도 잘 알고 있었습니다. 미국으로 훌쩍 유학을 떠나버린 딸아이와 어쩌면 영영 그 매듭을 풀지 못할 수도 있는 상황이었습니다. 그러다 얼마 전 브라질 출장을 갔다가 돌아오는 길에 잠시 짬을 내어 뉴욕에 들렀습니다. 이제 대학교 3학년이 된 딸아이를 만나기 위해서였습니다. 휴가까지 내 온전히 이틀을 비워두었습니다.

저도, 딸아이도 이번이 둘 사이의 매듭을 풀 절호의 기회라는 것을 잘 알고 있었습니다. 우리는 둘 사이의 매듭이 무엇인지, 그 매듭을 풀려면 어디서부터 시작해야 하는지 서로 묻지도, 답하지도 않았습니다. 그런데 딸아이와 그저 1박 2일을 함께하는 동안 거짓말처럼 매듭이 풀리기 시작했습니다. 1박 2일 동안 딸아이가 하고 싶은 대로 하도록 온전히 맡겨두었습니다. 아마도 딸아이는 저를 의식하며 스케줄을 짰겠지요. 그러면서 우리의 1박 2일은 서로에게 너무도 편안한 시간이 되었습니다. 둘 사이의 매듭을 풀기까지 10년이 걸렸습니다. 중학교 1학년 중간고사가 끝나고 딸아이에게 실망한 순간부터 계산하면 말입니다. 없었으면 좋았을, 안타깝게 낭비한 10년이었지요.

혹시 여러분은 어떠신가요? 이미 이런 시기를 겪으신 분도, 아니면 지금 겪고 계신 분도 있을 겁니다. 어쩌면 앞으로 이런 시기를 겪게 될 분도 있겠지요. 저의 지난날을 돌이켜보면 가능한 이런 과정은 겪지 않도록 부모들이 노력해야 한다는 생각입니다. 우리들도 부모의 액세서리 역할을 충분히 해내지는 못했으니까요.

부모와 자식의 관계는 유리그릇과도 같아서 깨어지기 쉽습니다. 특히 사춘기와 대학입시를 거치면 그 그릇의 상당수가 깨어지게 되지요. 그러나 그 그릇을 잘 보존할 책임은 자식들에게 있는 게 아니라 부모에게 있습니다. 힘든 시기를 거쳐야 하는 자식들에게 부모는 평가자가 되기보다는 친구가 되어주어야 한다는 사실을 저 역시 한참을 지나서야 알게 되었습니다.

아이들에게 필요한 사람은 잔소리하고 야단치는 부모가 아닙니다. 진정으로 자신들의 고민을 나눌 수 있는 친구 같은 부모입니다. 이 단순한 진리를 뒤늦게야 깨닫고는 이제라도 딸아이와 친구가 되려고 노력합니다. 아이도 그렇게 느끼고 있는지는 모르겠습니다. '친구'란 어느 날 갑자기 이뤄지는 게 아니라 오랜 시간 서로를 있는 그대로 바라보고 믿어줄 때 만들어지는 거라는 것, 여러분도 잘 알고 계시겠지요?

연로하신 부모님의
하루하루를 생각해보셨나요?

홍영녀 할머니의 이야기를 알고 계신가요? 홍 할머니는 일흔 나이에 한글을 깨치신 뒤 일기 쓰기를 시작하셔서 아흔 넷인 지금까지 매일매일 일기를 쓰고 계신 분입니다.

홍 할머니께서 팔순이시던 1995년, 그간의 일기를 모아 《가슴이 하고 싶었던 이야기》라는 제목의 책을 내셨습니다. 지금까지 계속 되고 있는 할머니의 일기 몇 대목을 함께 감상해보도록 하겠습니다.

오늘도 흰 머리카락 날리면서 해님은 어김없이 산마을로 너머 가시네. 나는 쓸쓸해. 가슴이 허전해. 가슴이 서러워.

인생은 바다 위에 떠 있는 배가 아닐까. 흘러흘러 저 배는 어디로 가는 배냐. 앞쪽으로 타는 사람은 먼 수평선을 바라보고 뒤쪽으로 타는 사람은 그 누구를 기다리네.

홍 할머니는 경기도 포천군 일동면의 한 시골 마을에서 300평 남짓한 텃밭에 자식삼아 무, 배추, 호박, 가지 등을 키우며 살아가십니다. 자식이 6남매나 되어 서로 모시려고 하지만 할머니는 자유롭게 살기 위해 혼자 사시는 쪽을 택하셨습니다.

아무도 없는 집에서 변이라도 당하면 어쩌느냐는 자식들의 걱정에도 할머니는 "그렇게 죽는 게 복"이라고 대답하시며 혼자이기를 고집하십니다.

할머니는 1994년 8월 18일에 쓴 일기를 통해, 당신이 왜 일기를 쓰는지 그 처절한 심정을 피 토하듯 이야기하십니다.

내 글은 남들이 읽으려면 말을 만들어가며 읽어야 한다. 공부를 못해서 아무 방식도 모르고 허방지방 순서도 없이 글귀가 엉망이다. 내 가슴 속에는 하고 싶은 이야기가 꽉 찼다. 그래서 무언가 이야기를 하고 싶어 연필을 들면 가슴이 답답하다. 말은 철철 넘치는데 연필 끝은 나가지 않는다. 글씨 한 자 한 자를 꿰맞춰 쓰려니 얼마나 답답하고 힘든지 모른다. 그때마다 자식을 눈 뜬 장님으로 만들어놓은 아버지가 원망스럽다. 내가 국민학교 문턱에라도 가봤으면 글 쓰는 방식이라도 알았으련만 아주 일자무식이니 말이다. 엉

터리로라도 쓰는 것은 손자들 학교 다닐 때 어깨 너머로 몇 자 익힌 덕분이다. 나는 텔레비전을 보며 메모도 가끔 한다. 딸들이 가끔 메모한 것을 보며 저희들끼리 죽어라 웃어댄다. 멸치는 '메룻찌'로, 고등어는 '고동아'로, 오만 원은 '오마넌'으로 적었기 때문이다. 세상에 태어나 글을 모른다는 게 얼마나 답답한 일인지 모른다. 이렇게나마 쓰게 되니까 잠 안 오는 밤에 끄적끄적 몇 마디 남길 수 있게 되었으니 더 바랄 게 없다. 말벗이 없어도 공책에다 내 생각을 옮기니 너무 좋다.

이 글을 읽다가 여든넷이신 제 어머님 생각이 났습니다. 어머님은 어떤 낙으로 살아가시나. 어떤 의미로 하루하루를 지내시나. 나는 한 번이라도 그에 대해 생각해보기나 했던가. 홍 할머니는 일흔에 한글을 배워 새로운 세상을 만나 가슴 속에 꽉 찬 이야기들을 일기에 토해내며 하루하루 의미 있게 사시는데 말입니다.

저는 제 어머님께도 새로운 세상을 알려드려야겠다고 생각했습니다. 홍 할머니보다 열 살이나 젊으신 어머님께서 이제라도 새로운 세상을 접하신다면 하루하루를 의미 있게 지내실 수 있으시리라는 생각에서였습니다.

제가 선택한 것은 '인터넷'이었습니다. 어머님께 컴퓨터, 특히 인터넷을 가르쳐드려야겠다고 결심했습니다. 곧바로 아래층에 사시는 어머님께 달려가 1시간가량 인터넷을 가르쳐드렸습니다. 어머님은 처음에는 이 나이에 무슨 인터넷이냐고 하시더니 검색창에 아들 이름을 적어 넣은 뒤 결과가 나오는 것을 보시고는 신기해하시며 배우고자 하는 의욕을 보이셨습니다. "더 젊었을 때 시작할걸……!" 하며 아쉬워하시는 어머님께 "지금도 늦지 않으셨다"며 저는 용기를 불어넣어드렸습니다.

또 새로운 한 해가 시작되었습니다. 고향에 계신 연로한 부모님께서 하루하루 어떤 의미를 부여하며 살아가고 계시는지 혹시 생각해보셨나요? 그분들의 하루도 젊은 우리의 하루만큼 소중합니다. 어쩌면 얼마 남지 않은 날들이기에 더욱 소중하고 안타까운지도 모르겠습니다. 그분들이 하루하루를 소중하게 보내실 수 있도록 해드리는 것, 그것이 바로 진정한 효도 아닐까요.

나의 한 시간을 누군가에게 바쳐
그의 인생이 의미 있어진다면 얼마나 보람될까요.
그런데 그 대상이 세상 그 누구보다도
여생이 많이 남지 않으신 부모님이 먼저이셨으면 합니다.

'소유냐? 존재냐?'를
다시 생각합니다

지난해 해운대에 있는 한 고층 아파트에서 불이 나 우리 모두를 안타깝게 한 적이 있었습니다. 그때 아파트 몇 채가 전소되었는데, 그중 한 채가 제가 아는 분의 집이었습니다.

60대 중반의 나이에 접어든 그분의 심정이 어떠셨을까요. 재산적 손해는 말할 것도 없고, 평생 동안의 삶의 흔적이 녹아 있는 많은 것들이 재로 변해버렸습니다. 발을 동동 구르고 소리치고 눈물을 흘려도 시원치 않을 상황이었습니다. 얼마 전 소소하게나마 위로가 되어드릴까 싶어 그분과 함께 점심을 나누었습니다. 그런데 뜻밖에도 그분의 표정이 매우 밝은 것이었습니다. 결코 억지로 꾸민 듯한 표정이 아니었습니다.

"심정이 어떠신가요?"라는 제 질문에 그분은 이렇게 답하셨습니다.

"남은 것은 제 몸과 머릿속에 있는 추억뿐이지만 마음은 매우 홀가분합니다. 그동안 무슨 이유로 그렇게 소유에 집착했는지 모르겠습니다. 이번 일을 계기로 인생관이 많이 바뀌었습니다. 내 것을 만들기 위해 애쓴다는 게 정말 부질없다는 생각이 들었습니다. 더 베풀고 나누었어야 했다는 생각이 많이 들었습니다."

"그래도 타버린 물건 중에 아쉬운 게 있으실 텐데요?"라고 묻자 그분은 이런 이야기를 들려주었습니다.

"마산이 낳은 세계적인 조각가 문신 선생님과 관련한 이야기입니다. 그분은 회화에도 자질이 있어서 젊은 날에 훌륭한 데생 작품을 몇 점 그렸습니다. 그중 여섯 점을 제가 가지고 있었지요. 문신 선생님이 세계적인 조각가가 되신 후 어느 날 저에게 젊은 시절의 자신의 혼이 깃든 그 작품들을 되팔 수 없겠느냐고 물어오셨습니다. 간곡하게 부탁하셨지만 저는 거절했습니다. 그 후 세월이 흘러 문신 선생님이 돌아가신 후 미망인께서 찾아오셔서서 똑같은 제의를 하셨습니다. 마산시에서 건립한 문신미술관에 문신 선생님 작품을 모두 기증하려고 하는데 그 여섯 점의 데생 작품이 꼭 있어야만 문신 선생님의 예술 역정을 완성할 수가 있으니 팔라는 것이었습니다. 그러나 저는 그때도 좁은 소견에 거절하고 말았습니다. 그 작품들이 이번 화재에 모두 소실되었습니다. 저는 한없이 후회했습니다. 자격이 없는 사람이 가지고 있다가 결국 화가에게 큰 누를 끼치게 된 것입니다. 그것이 저의 재산을 잃은 것보다 더 안타깝습니다."

  그분의 표정에는 진정 후회와 아쉬움이 서려 있었습니다. 자신의 모든 것을 잃고도 의연하시던 분이 화가의 젊은 날의 혼이 담긴 작품 몇 점에 그토록 안타까워하시는 것을 보고 적잖이 놀랐습니다.

  점심을 마치고 나오는 길에 여러 생각이 머릿속을 스쳐갔습니다. 과연 소유란 무엇일까요? 우리는 사회적 신분과 자신의 지적 수준을 드러내기 위해 많은 것들을 소유합니다. 그런데 그 소유가 나를 나타내는 것이라면, 그것이 없어진 순간 나는 '무(無)'로 돌아가는 게 아닐까요? 많은 것을 소유할수록 더 많은 것을 가지고 싶고 그 갈증은 더 커진다는 사실을 잘 알면서도 우리는 막상 현실에 놓이면 또다시 무언가에 집착하곤 합니다. 집이 모두 불타 없어지고서야 깨닫게 되는 그 무언가를 미리 깨달을 수는 없는 것일까요?

  문득 대학교 1학년 때 읽었던 에리히 프롬의 《소유냐 존재냐》라는 고전이 생각났습니다. 그는 소유적인 삶은 궁극적으로는 대상(그것이 물건이든, 사람이든, 지식이든)을 지배하려는 것에 불과하고 결국에는 지치고 소외된다고 말합니다.

  에리히 프롬은 지식에 대한 소유와 존재에 대해 이렇게 이야기합니다. "지식은 진실을 소유함을 뜻하지 않고 표면을 뚫고 들어가 진실에 한층 더 가까이 접근하기 위해 비판적이고 능동적으로 고민하는 것을 뜻한다. 소유 양식에 있어서 최적의 지식은 '보다 많은 지식을 소유하는 것'이지만 존재 양식에 있어서 최적의 지식은

'더 깊이 아는 것'이다."

　아마도 문신 선생님의 데생 작품을 소유하려던 그분의 생각은 소유 양식적 삶이 아니었을까 싶습니다. 그러나 에리히 프롬은 우리들에게 오히려 그 작품들을 미술관에 기증하고 다른 작품과의 연장선에서 감상하고 이해함으로써 화가의 작품 세계에 보다 더 깊이 들어가는 존재 양식적 삶이 더 바람직한 삶의 양식이라고 가르치고 있는 것입니다.

오늘도 또 하나의 소유를 위해

욕심을 부리고 계시지는 않나요?

아니면 그 무엇을 더 깊이 알기 위해 노력하고 계시나요?

거울 앞에 서면
무엇이 보이나요?

개인적인 이야기 하나 할까 합니다. 연초에 어머니께서 동생네 가족과 함께 아버님 산소에 가셨다가 팔목이 부러지는 사고를 당하셨습니다. 춥고 눈까지 내려 미끄러운 길에 굳이 산소에 가시겠다고 나서시는 게 영 내키지 않았는데, 사고 경위를 듣고 보니 답답함은 더했습니다. 산소에서 내려오시는 길에 손녀들의 손을 뿌리치고 혼자 가시겠다고 하다가 미끄러져 얕은 도랑에 빠지신 것이었습니다. 어머니를 잘 보살피지 못한 동생네 가족도 원망스러웠지만 한사코 고집을 부리신 어머니의 태도가 더 속상했습니다. 결국 어머니는 응급실 신세를 지셨고 전신마취 후 팔목 뼈에 철판을 대는 수술을 하셨습니다.

병실에 누워계신 어머니 곁에 서서 물끄러미 어머니 얼굴을 바라봤습니다. 그곳에 누워계신 분은, 아직도 강하게 주장을 펼치시지만 이제는 늙고 힘없는 84세의 노인이셨습니다. 과연 그 모습이 어머니의 전부일까요?

오래전에 읽었던 이야기 하나가 생각났습니다.

스코틀랜드 던디 근처 어느 양로원 병동에서 홀로 외롭게 살다가 세상을 떠난 어느 할머니의 시신이 양로원 간호사들에 의해 발견되었다는 기사가 북아일랜드 정신의학 잡지에 실렸습니다.

당신들 눈에는 누가 보이나요? 간호사 아가씨들, 제가 어떤 모습으로 보이는지를 묻고 있답니다. 당신들은 저를 보면서 대체 무슨 생각을 하나요? 저는 그다지 현명하지도 않고, 성질머리도 괴팍하고, 눈초리마저 흐리멍덩한 할망구일 테지요.

먹을 때는 칠칠치 못하게 음식을 흘리기나 하고, 당신들이 큰소리로 나에게 '한번 노력이라도 해봐요!'라고 소리 질러도 아무런 대꾸도 못하는 노인네. 당신들의 보살핌에 감사할 줄도 모르는 것 같고, 늘 양말 한 짝과 신발 한 짝을 잃어버리기만 하는 답답한 노인네.

그게 바로 당신들이 생각하는 '나'인가요? 그게 당신들 눈에 비쳐지는 '나'인가요? 그렇다면 눈을 떠보세요. 그리고 제발, 나를 한 번만 제대로 바라봐주세요. 이렇게 여기 가만히 앉아서 분부대로 고분고분 음식을 씹어 넘기는 제가 과연 누구인가를 말해줄게요.

저는 열 살짜리 어린 소녀랍니다. 사랑스런 엄마와 아빠 그리고 오빠, 언니, 동생들도 있지요. 저는 스무 살의 꽃다운 신부랍니다.

영원한 사랑을 맹세하면서 콩닥콩닥 가슴이 뛰고 있는 아름다운 신부랍니다.

그러던 제가 어느새 스물다섯이 되어 아이를 품에 안고 포근한 안식처와 보살핌을 주는 엄마가 되었답니다.

어느새 마흔이 되고 보니 아이들은 다 자라 집을 떠났어요. 하지만 남편이 곁에 있어서 아이들을 향한 그리움에 눈물로만 지새우지는 않는답니다.

쉰 살이 되자 다시금 제 무릎 위에 아가들이 앉아 있네요. 사랑스런 손자들과 나, 행복한 할머니입니다.

암울한 날이 다가오고 있어요. 남편이 죽었거든요. 홀로 살아갈 미래가 저를 두려움에 떨게 하고 있네요. 제 아이들은 자신의 아이들을 키우느라 정신이 없답니다. 젊은 시절 내 자식들에게 퍼부었던 그 사랑을 난 뚜렷하게 기억하지요.

어느새 노파가 되어버렸네요. 세월은 참으로 잔인하네요. 노인을 바보로 만드니까요. 몸은 쇠약해가고, 우아했던 기품과 정열은 저를 떠나버렸어요. 한때 힘차게 박동하던 내 심장 자리에 이젠 돌덩이가 자리 잡았네요.

하지만 아세요? 제 늙어버린 몸뚱이 안에 아직도 열여섯 살 처녀가 살고 있다는 것을. 그리고 이따금씩은 쪼그라든 제 심장이 쿵쿵대기도 한다는 것을. 젊은 날들의 기쁨을 기억해요. 젊은 날들의 아픔도 기억해요. 그리고 이젠 사랑도 삶도 다시 즐겨보고 싶어요. 지난 세월을 되돌아보니 너무나도 짧았고 너무나도 빨리 가버렸네요.

내가 꿈꾸며 맹세했던 영원한 것은 세상에 존재하지 않는다는 무서운 진리를 이젠 받아들여야 할 때가 온 것 같아요.

모두들 눈을 크게 떠보세요. 그리고 날 바라봐주세요.

제가 괴팍한 할망구라뇨. 제발, 제대로 한 번만 바라봐주세요.

'나'의 참모습을 말이에요.

저는 병실 침대에 누워계신 어머니에게서 제가 기억할 수 있는 어머니의 30대, 40대, 50대의 모습을 찾아보려 애썼습니다. 제가 직접 본 적은 없지만 빛바랜 사진 속에 수줍게 웃고 있는 10대의 어머니 모습도 기억해냈습니다.

할머니가 된 어머니의 얼굴에는 저를 키우려고 애쓰시고 제가 잘되기를 빌던 그 젊은 날의 모습이 아직도 살아 계셨습니다. 다만 제가 보지 못할 뿐이었지요.

저는 거울 앞에 섰습니다. 거울에 비친 50대 초반의 제 모습 속에는 공부가 전부였던 10대의 학생이 살아 있고, 청춘의 아픔을 느끼던 20대, 초임검사의 정열이 살아 있던 30대의 제가 함께 살고 있었습니다. 비록 제가 깨닫지 못했던 것뿐이었지요. 이제 저는 그들과 함께 다시 시작하려 합니다. 제 안에 같이 살고 있는 10대, 20대, 30대의 저와 말입니다. 그래서 미래를 덜 두려워하고 덜 걱정하려 합니다. 대신 더 모험적으로, 더 열정적으로 살아보려 합니다.

여러분도 거울에 자신의 모습을 한번 비춰보세요.

우리 모두의 가슴 속에 살아 있는 10대, 20대, 30대의 모습이

여러분에게 무엇을 이야기하고 있나요?

나로 인해 상처받았을
아이들에게 띄우는 편지

지난 금, 토, 일 3일간 인간관계에 대한 세미나에 참석했습니다. 아침 9시부터 밤 11시까지 진행된, 제 생애에 받은 각종 교육 중에 가장 힘든 교육이었습니다. 먼저 교육을 받고 온 아내가 참 좋다며 덜컥 등록을 해버려 어쩔 수가 없었습니다. 등록비가 아까워서라 도 금요일 하루 휴가를 내고 참석했습니다.

수많은 내용 중에 "사람은 누구나 강점을 가지고 있다. 그러나 그 강점이 오히려 자신을 구속해 세상을 바라보는 고정된 방식을 만들고 그로 인해 주위 사람들에게 상처를 주게 된다. 그래서 새 로운 자신의 가능성을 발견하고 이를 상처 준 사람에게 나누어 그간의 상처를 치유해주어야 한다"는 부분이 특히 기억에 남았습 니다.

약간 이해가 어려우신가요? 그 세미나에서는 위 내용을 실천하기 위해 자신이 상처를 준 사람에게 이에 대한 편지를 쓸 것을 과제로 내주었습니다. 오늘의 월요편지에서는 그 과제로 제가 아이들에게 썼던 편지를 소개하겠습니다. 혹시 여러분 중 누군가의 자화상이 아닐까 싶은 생각에 용기를 내어 관련 대목을 공개합니다.

윤아, 정민에게

아빠의 강점이 무엇일까, 고민해봤지. 한마디로 완벽주의인 것 같아. 비전을 세우고, 이를 달성하기 위해 최선을 다하고, 상상력도 많아서 남들과 다른 것을 꿈꾸지. 그리고 아이디어도 많이 쏟아내고, 얼리어답터라 새로운 것을 좋아하고 개방적이지. 다른 사람에게 꿈을 불어넣는 데도 일가견이 있지. 자! 이런 게 아빠의 강점인 것 같다. 더 있지만 이 이상 나열하는 것은 의미가 없어. 왜냐하면 이미 너희들은 이것만으로도 충분히 질려버렸을 테니까.

그런데 이 강점을 나열하면서 이런 생각을 했지. 이런 강점을 가진 사람이 부하나 자식이라면 얼마나 좋을까. 그런데 만약 상사거나 아버지거나 아내라면 어떨까?

물론 아빠는 이런 강점이 가진 문제점을 잘 알고 3년 전부터 서번트 리더십을 발휘하기 위해 '행복경영'을 하면서 직원이나 가족 등 주위에 있는 사람들을 아빠의 고객으로 생각하고 최선을 다해 모시고 있지.

그래서 요즘은 너희들과의 관계에서도 많이 나아졌을 거라고 생각하지만, 오랜 세월 아빠의 이런 강점이 너희들을 힘들게 했고 혹시라도 아직까지 너희들에게 마음의 상처로 남아 있지는 않을까 싶어 이 편지를 쓴다.

문제는 아빠의 강점이 아빠의 고정된 존재 방식을 만든다는 것이다. 특권의식, 선민의식, 과도한 엘리트주의 등 이 모든 게 아빠를 둘러싸고 있는 것들이다. 그래서 아빠 기준에 못 미치는 사람들을 부족하다고 생각하고 이들에게 끊임없이 가르치려 들지.

이것이 아빠의 고정된 존재 방식인 것 같다. 그래서 이것 때문에 아빠 주위에 있는 사람들이 얼마나 상처를 입었을까 생각해본다. 아빠는 세상이 원하는 대로 작동하지 않으면 다른 사람의 탓으로 돌리고 분노했지.

윤아야! 네가 대학입시에서 떨어졌을 때 아빠가 많은 상처를 준 것 같구나. 아빠가 너의 한없이 착하고 밝은 성품에는 아무런 가치를 두지 않고 그저 공부만을 기준으로 너를 평가한 것에 대해 진심으로 사과하마. 네가 미국으로 유학을 가서 열심히 공부해 최고의 성적을 거두고 있는 것을 보면 너에 대한 아빠의 판단이 얼마나 성급하고 잘못된 것이었는지를 잘 알 수 있지.

정민아! 아빠가 너무 많은 기대를 해서 너를 힘들게 하고 있다는 것에 대해 사과하마. 누나가 못해준 학업의 성취를 네가 대신해 미국의 최고 대학에 들어가 주었으면 하는 게 아빠의 솔직한 욕심이지. 이것이 너에게 엄청난 부담이 될 거라는 것도 잘 알고 있단다.

그런데 문득 이런 생각이 들더구나. 만약 네가 그런 일류 대학에 떨어지면 아빠는 너를 어떻게 생각할까. 무능하다고 생각하고 누나에게 주었던 상처를 또다시 너에게 주지는 않을까 하는 걱정이 되더구나. 그래서 이런 새로운 생각을 하게 되었단다.

타인을 진정으로 나와 똑같이 존엄성을 가진 사람으로 바라봐야 한다. 타인을 그가 가진 인격, 능력, 재산, 지위로 평가해서 내가 설정한 기준을 넘어서면 존중하고 낮으면 무시할 게 아니라 사람이라는 사실만으로 존중할 줄 알아야 한다. 다른 사람들도 나처럼, 어쩌면 나 이상으로 열심히 살고 있는데 나와 방식이 다르다는 이유로 그렇게 보지 않는 것일 뿐이다. 또 실제로 열심히 살지 않더라도 그것은 그들의 삶의 방식이므로 가르치려 하지 말아야 한다. 부득이하게 조언을 하게 되더라도 '조심스럽게 조언하는 내 행위가 진정 그를 위한 것인지 혹시 이 방식이 그를 다치게 하는 것은 아닌지'를 자문하고 그를 위한 것이라는 확신이 들 때만 입을 열어야 한다.

윤아, 정민아! 이제 아빠가 너희들을 대하는 태도를 바꾸려고 한다. 아니 세상을 보는 태도를 바꾸려고 한다. 한 번에 바뀌지는 않겠지만 그래도 노력하련다. 상처를 준 사람은 그 상처가 얼마나 넓고 깊은지 모르지만, 상처를 입은 가족들은 그것으로 평생을 힘들게 살아갈 수도 있으니까 말이다.

앞으로 아빠를 믿고 지켜봐다오. 그러다가 아빠가 너희들에게 또 상처를 주려고 하면 말해다오. "아빠, 지금 아빠의 완벽주의 칼에 찔렸어요. 피가 나요"라고 말이다.

이 편지가 우리 가족을 재탄생시키는 아름다운 기회가 되기를 바란다.

너희들을 사랑하는 아빠가

여러분의 강점은 무엇인가요?
혹시 그 강점이 가족이나 주위 사람에게
상처를 주는 일은 없으신지요. 부디 저뿐이길 바랍니다.

우리는 진정 자녀들의 멘토가
될 수 없나요?

저의 완벽주의 때문에 상처를 입었을 제 아이들에게 사과의 뜻으로 썼던 지난번 월요편지에 많은 분들이 관심을 가져주셨습니다. 아마도 비슷한 처지의 많은 아버지들이 스스로를 돌아보는 계기가 된 것 같습니다.

친하게 지내는 대학 친구 한 명이 이런 이메일을 보내왔습니다. "내가 아버지의 사랑이라는 이름으로 내 자식에게 상처를 주어왔구나. 내가 나 같은 아버지를 가졌더라면 아마 나는 질식해서 죽었을지도 몰라. 오늘부터 노력해봐야겠다."

우리는 자식들을 잘 키우고 싶어 합니다. 그들의 가능성을 끄집어내어 성장시키고자 합니다. 왜냐하면 그들을 진심으로 사랑하니까요. 그런데 결과는 반대인 모양입니다.

고대 그리스 이타카 왕국의 왕 오디세우스는 트로이 전쟁에 나가면서 한 친구에게 자신의 아들 텔레마코스를 보살펴달라고 부탁했습니다. 친구는 오디세우스가 전쟁에서 돌아오기까지 텔레마코스의 친구이자 선생님, 상담자, 때로는 아버지가 되어 그를 돌봐주었습니다. 그 친구의 이름이 바로 '멘토'입니다. 그 후로 멘토라는 그의 이름은 지혜와 신뢰로써 한 사람의 인생을 이끌어주는 지도자라는 의미로 사용되고 있습니다.

그런데 만약 오디세우스가 전쟁터로 나가지 않았더라면 그는 아들 텔레마코스를 친구 '멘토'에게 맡기지 않고 자신이 직접 돌봤을 것입니다. 아들에 대한 최고의 멘토는 원래 아버지이니까요. 하지만 정작 아버지인 우리들은 어찌해서 멘토의 자격을 잃어버린 것일까요. 도대체 멘토의 자격은 무엇일까요?

어느 분은 멘토의 자격을 네 가지로 정리하고 있습니다. 첫째, 멘토는 자신의 제자를 진정한 인격으로 대해야 한다. 저는 이 점에서 부적격이었던 것 같습니다. 아이들을 인격체로 대하지 않고 저의 액세서리 정도로 여겼으니까요. 둘째, 멘토는 삶의 태도가 긍정적이고 마음이 열린 사람이어야 한다. 셋째, 멘토는 제자가 지닌 가능성을 볼 수 있어야 한다. 넷째, 멘토는 의사소통에 능해야 한다. 저는 이 점에서도 부적격이었던 것 같습니다. 일방적으로 아이들에게 저의 의견을 전달했을 뿐 그들의 의견을 경청하지는 않았으니까요.

그런데 요즘 '위대한 탄생'이라는 TV 프로그램을 보면 '멘토'에 관해 많은 것을 생각하게 합니다. 그 프로그램은 각각의 멘토들이 가수지망생 네 명씩을 훈련시켜 경쟁을 거쳐 일부를 탈락시키고 결국 한 명의 최고를 뽑는다는 내용입니다.

'시즌 1'의 멘토 중에 가수 김태원이 있었습니다. 저는 그를 예능에 재주가 있는 흘러간 가수쯤으로 생각하고 있었는데, 그 프로그램을 통해서 내공이 매우 깊은 분임을 알게 되었습니다.

김태원 멘토가 탈락자에게 이런 말을 한 적이 있습니다. "인생에서 한 번에 뭔가가 된다는 것이 불행일 수도 있습니다." 얼마나 소름끼치게 정확한 말인가요.

그는 제자 네 명에게 1등에 치중하지 말라면서 "난 개인적으로 위대한 탄생이 끝난 뒤의 너희들의 삶이 더 중요하다고 생각한다. 나처럼 영원히 음악을 하면서 사는 그런 걸 원한다"며 가수로서의 삶에 대한 자신의 자부심을 고스란히 전해주었습니다. 그러고는 자신의 역할에 대해 "나는 멘토이지만 너희를 가르치고 싶지는 않다. 단지 너희 안에 있는 것을 끄집어내주는 게 나의 역할이다"라고 분명하게 규정하며 "음악은 발명이 아닌 발견이다. 자기 안에서 발견하는 거다"라는 명언을 통해 모두에게 감동을 선사했습니다.

김태원은 제자 네 명의 파이널 심사 무대가 끝나자 각자에게 그들의 가능성을 끄집어내는 애정 어린 조언을 합니다. 아버님이 일찍 돌아가셔서 늘 비장함에 젖어 있는 손진영이라는 제자에게는 "인생이 후렴만 있고 1, 2절이 없어요. 앞으로 살면서 1, 2절을 만들어야 합니다"라고 보다 적극적인 삶을 살기를 주문합니다. 어릴 때부터 얼굴에 표정이 없었던 이태권이라는 친구에게는 "어떤 노래를 불러도 마치 40년 후에 부르는 것 같아요. 너무 초월해 있어요. 헤어진 지 2, 3년 된 약간은 앙금이 남아 있을 때의 심정으로 노래를 부르는 습관을 들이세요"라며 20세에 걸맞게 노래할 것을 조언합니다. 그리고 목숨을 걸고 노래하는 것 같지 않다는 평가를 들은 양정모에게는 "90년대 남자 가수의 컬러입니다. 컬러에 대한 변화를 생각하세요"라고 정확한 지적을 잊지 않았습니다. 또 소년 같은 외모를 지닌 백청강에게는 "두께는 어느 정도 있어야 합니다. 지금의 창법에 두께를 더하면 좋겠습니다"라고 그의 약점을 꼭 집어내주었습니다.

그러고는 제자 두 명을 탈락시켜야 하는 상황에서 탈락자 두 명을 자신이 속한 그룹 '부활'의 생방송 무대에 세워 '마지막 무대'를 가질 수 있도록 특별한 배려를 하며 자신이 함께 노래를 부릅니다. 탈락자 두 명은 탈락의 아픔과 멘토의 따뜻한 배려에 눈물이 범벅이 된 채 "노래 끝이 났지만 이젠 부르지 않으리. 이 슬픈 노래"라는 가사를 차마 잇지 못합니다.

우리 아버지들은 왜 이런 멘토가 되지 못할까요. 누구보다 자녀들을 사랑하는데 말입니다. 우리들이 김태원과 다른 점은 아마도 사랑이 너무 커서 자녀들을 인격체로 보지 못하기 때문이 아닐까요.

제가 보낸 편지에 아들이 이런 답장을 보내왔습니다. "아빠의 완벽주의가 그래도 다 잘못된 것은 아닌 것 같아요. 가끔씩은 도움이 되고 제가 더 노력할 수 있는 계기가 되니까요. 그런데 밸런스가 참 중요한 것 같아요. 완벽한 것은 개성이 없는 것과 같으니까요. 사람이 모든 방면에서 잘하거나 혹은 모든 방면에서 다 잘하려고 노력하면 자신이 진정으로 발굴할 수 있는 부분을 놓치지 않을까요."

아들은 제가 알고 있는 것보다 훨씬 성숙한 하나의 인격체가 되어 있었습니다. 단지 제 눈에 보이지 않았을 뿐이지요.

최고의 아버지는 자식의 멘토가 될 수 있는 아버지입니다.
자녀에게 조언을 하기 전에 자신이 멘토로서의 자격이 있는지
자문해보시면 어떨까요?

언젠가 어머니의 똑같은 이야기가
그리울 것입니다

어제는 어버이날이라 가족들과 함께 어머니를 모시고 저녁식사를 했습니다. 이런 저런 화제 끝에 어머니께서 옛날이야기 하나를 꺼내셨습니다. 그런데 그 이야기는 어머니로부터 이미 열 번은 더 들은 이야기인지라 이내 지루해지기 시작했습니다.

그때 동생이 한마디 거들었습니다. "엄마, 열 번은 더 들은 이야기인데." 그 바람에 어머니는 이야기를 하는 둥 마는 둥 하셨고, 그 이야기 뒤로 식사는 어색하게 끝이 났습니다. 모처럼 어머니를 위해 마련한 자리가 편치 않게 끝나버린 것입니다.

어머니와의 대화는 늘 이런 식이었던 것 같습니다. 예전에 하신 말씀을 또 하시는 어머니, 그리고 그 이야기를 지루해하는 자식들, 다행이 큰며느리인 아내가 어머니 말씀에 맞장구를 잘 쳐서 그럭

저럭 넘어가곤 했었습니다.

어머니를 모시고 돌아오는 길에 문득 얼마 전 친구의 페이스북에서 읽은 이야기 하나가 떠올랐습니다.

80세의 아버지와 50세의 아들이 있었습니다. 두 사람은 마루에 앉아 있었지요. 그때 아버지가 갑자기 날아든 까마귀를 보고 아들에게 물었습니다. "저게 무엇이냐?" 아들은 다정하게 "아 저거요? 까마귀에요." 잠시 뒤 약간 치매 끼가 있는 아버지는 다시 물었습니다. "저게 무엇이냐?" 아들이 대답했습니다. "까마귀라니까요." 아버지는 잠시 뒤 다시 물었습니다. "저게 무엇이냐?" 아들은 짜증이 났습니다. "아, 글쎄 까마귀라고요." 아버지는 잠시 뒤 다시 물었습니다. "저게 무엇이냐?" 아들은 큰소리로 말했습니다. "까마귀라고요! 그게 이해가 안 가세요? 왜 자꾸 같은 질문을 반복하세요?" 조금 뒤였습니다. 아버지는 방으로 들어가시더니 서랍 안에 있던 자신의 때 묻고 낡은 일기장을 가지고 나왔습니다. 아버지는 일기장 중간 한 페이지를 아들에게 보여주었습니다. 그 일기장에는 아들의 네 살 때 이야기가 적혀 있었습니다. "오늘은 창가에 까마귀가 날아와 앉았다. 어린 아들은 '저게 뭐야?' 하고 물었다. 나는 아들에게 까마귀라고 대답해주었다. 그런데 아들은 같은 질문을 연거푸 스물세 번이나 했다. 나는 귀여운 아들을 안아주며 다정하게 스물세 번 모두 답해주었다. 같은 대답을 스물세 번 하면서 나는 즐거웠다. 아들이 새로운 것에 관심이 있다는 것에 감사했고, 아들에게 사랑을 준다는 것이 행복했다."

이 이야기는 비수처럼 제 가슴을 파고들었습니다. 아마도 저 어릴 적 어머니께서도 저의 똑같은 이야기를 백 번도 넘게 들어주셨을 테고 그때마다 잘한다고 칭찬해주셨을 것입니다. 그리고 어머니의 그 칭찬이 오늘의 저를 있게 한 것이겠지요. 가슴이 뭉클하며 눈물이 핑 돌아 견딜 수가 없었습니다. 아래층에 사시는 어머니 곁으로 가 한참을 앉아 있었습니다. 그러나 어머니의 표정에는 그 어디에도 자식들에 대한 섭섭한 마음 따위는 보이지 않았습니다. 어머니는 여느 때와 같이 환하게 웃고 계셨습니다.

어느덧 여든넷이 되신 어머니께는 미래에 대한 희망과 꿈보다는 과거에 대한 추억과 아쉬움이 더 많으실 것입니다. 그래서 당연히 이야기는 과거로 흘러가고, 그 이야기는 고장 난 레코드판처럼 매번 같을 수밖에 없습니다. 어머니께 그 이야기는 당신의 삶이자 전부입니다. 자식들이 여러 번 들어 식상한 이야기일지라도 어머니께는 자서전의 소중한 한 대목인 것입니다.

어머니께 용서를 빌고 싶습니다. "어머니, 죄송합니다. 어머니의 소중한 역사에 귀 기울이지 못해 죄송합니다. 열 번 아니라 백 번이라도 어머니의 이야기를 마치 처음 듣는 것처럼 신기해하고 재미있어 하며 들었어야 하는데, 그러지 못해 죄송합니다. 그 이야기들은 모두 저희 형제를 키우는 과정에 탄생한 추억들임에도 몇 분 안 되는 시간을 어머니께 내어드리지 못해 죄송합니다."

어머니 집을 나오면서 마음으로 다짐을 했습니다. 다시는 이런 후회를 하지 않으리라고 말입니다. 아마 먼 훗날 저도 나이가 들어

추억의 무게가 미래의 꿈보다 훨씬 커지면 종종 과거를 회상할 테지요. 똑같은 이야기를 수십 번 되풀이하면서 말입니다. 그때 제 아이들이 짜증을 내면 이 편지를 꺼내어 읽어주고 싶을 것입니다. 그러려면 그날 이후 아빠는 똑같은 실수를 하지 않았다고 자신 있게 말할 수 있어야 하지 않을까요.

늙으신 어머님의 똑같은 옛날 이야기가 그토록 그립고
몸서리치게 듣고 싶을 때는
벌써 어머님이 안 계실 때라는 너무나도 당연한 진리를
우리는 왜 직접 겪어야만 알게 될까요?

우리는 세상을
자기 위주로만 살지요

저는 2003년 2월 9일 미국에서 태어났습니다. 제 부모님은 미국의 매우 유명한 가문 출신이십니다. 그러나 저는 우연한 계기에 제 동생과 같이 한국으로 오게 되었습니다. 우리 형제는 같이 살다가 2003년 5월 11일 저 혼자 어느 집으로 입양되었습니다.

그 집에는 부모님과 누나 그리고 형이 있었습니다. 그분들은 저를 매우 잘 대해주셨고, 제가 대소변을 잘 가리지 못해도 야단치지 않고 하나하나 가르쳐주셨습니다. 특히 누나와 형은 저를 매우 귀여워해주었습니다. 그분들은 저에게 미국식 이름도 지어주셨습니다.

저는 무럭무럭 자랐습니다. 누가 가르쳐주지 않았지만 본능

적으로 어떻게 해야 귀여움을 받는지도 알게 되었습니다. 제가
할 수 있는 일과 해서는 안 되는 일이 있었고, 저는 그것들을
지키려고 노력했습니다. 부모님들은 제가 매우 영리하다며 자
랑스러워하셨고, 저를 데리고 외출할 때면 모두들 제 눈망울이
맑고 아름답다며 칭찬해주셨습니다. 저도 그런 제 자신이 너무
대견스러웠습니다.

그런데 행복하기만 하던 저에게 시련이 닥쳐왔습니다. 2007년
여름, 누나와 형이 모두 비슷한 시기에 미국으로 유학을 떠나게
되었습니다. 저를 너무도 귀여워해주던 형과 누나와 잠시나마
헤어진다는 것은 저에게는 말할 수 없는 슬픔이었습니다. 더욱
힘든 것은 누나와 형이 외국에 가 있는 동안 제가 잠시 집을 떠
나 있어야 한다는 것이었습니다. 저를 돌봐줄 사람이 없었기 때
문입니다.

다행히 저는 제 동생과 제 또래 친구들이 있는 곳으로 가 있게
되어 이별의 슬픔을 견딜 수 있었습니다. 넓은 운동장이 있어서
마음껏 뛰어놀 수 있는 그곳은 아파트 생활만 하던 저에게는 신
천지였습니다. 그러나 그 좋은 자연 환경도 누나와 형을 대신해
줄 수는 없었습니다.

저는 이를 악물고 몇 달을 버텼습니다. 방학이 되면 누나와
형이 귀국을 했고 그러면 저는 집으로 돌아갈 수 있었으니까
요. 누나와 형이 귀국할 날짜가 다가오면 저는 며칠 전부터 마
음이 설레 잘 먹지도 못한 채 그날이 오기만을 기다렸습니다.

드디어 형이 귀국을 했고 저는 선생님을 따라 집으로 돌아왔습니다. 몇 달 만에 만나는 형은 누구보다도 저를 반갑게 맞아주었습니다. 저는 형과 부둥켜안고 뒹굴었습니다. 형 역시 한시도 저와 떨어지지 않으려고 했습니다. 우리는 친형제보다 더 가까운 사이였으니까요.

며칠 후 누나도 귀국했고 저는 가족이 그렇게 좋다는 것을 새삼스럽게 느꼈습니다. 그러나 한편으로는 누나와 형이 한두 달의 방학을 마치고 미국으로 떠나면 또다시 헤어져야 한다는 사실에 가슴이 아팠지만, 그래도 매순간을 즐기기로 마음먹었습니다.

누나와 형이 방학을 마치고 미국으로 떠날 때가 되자 저는 다시 집을 떠나야 했습니다. 저를 데리러 선생님이 오시면 저는 따라가지 않으려고 몸을 숨기기도 하고 어떤 때는 파르르 떨기도 했습니다. 저를 보내는 부모님을 원망하기도 했습니다. 그렇게 4년의 세월이 흘렀습니다.

2011년 5월 12일, 누나가 대학교를 졸업했습니다. 그리고 6월 15일 완전히 귀국할 예정입니다. 그러면 저의 이중생활도 끝이 나겠지요. 저는 그날을 손꼽아 기다렸습니다. 그런데 5월 하순부터 몸 상태가 좋지 않았습니다. 소변을 보기도 몹시 어렵고 아랫배도 매우 아팠습니다. 막연히 날씨가 더워서 그러려니 생각했습니다.

그런데 오늘(6월 7일) 친구들과 운동장에서 놀다 들어온 저는 그만 자리에 눕고 말았습니다. 아마도 누나와 형을 만나지 못할 것 같습니다. 오늘이 제 생애 마지막 날이 될 것 같습니다. 눈을 감으며 형과 누나와 함께 했던 날들을 회상해봅니다.

길지 않은 제 생애에 저를 친 동생처럼 여겨준 두 사람과의 만남을 영원히 잊지 못할 것입니다. 며칠만 더 버티면 누나와 형을 볼 수 있을 텐데, 너무 아쉽고 속상하지만 아름다운 추억이 많아서 한결 마음이 가볍습니다. 누나, 형 그리고 부모님 안녕히 계세요.

버키 올림

8년을 키우던 강아지 버키는 그렇게 서둘러 하늘나라로 떠났습니다. 저는 버키를 키우는 동안 버키를 그저 말 못하는 한낱 동물로만 생각했습니다. 그런데 갑작스레 버키를 잃고 나니 버키의 마음을 조금이나마 헤아릴 수 있을 것 같습니다.

우리는 모든 것을 자신 위주로 여기며 인생을 살아갑니다. 배우자나 자식 그리고 부모님과의 관계에서도 마찬가지입니다. 버키를 대하듯 필요하면 가까이 하고 필요 없으면 상대가 어떤 상처를 입든 관계없이 멀리하며 냉정하고 이기적으로 살아가는 것은 아닐까요. 상대방의 입장에 서서 우리 자신을 바라본다면 정말 그럴 수 있을까요?

우리는 상대를 존중하고 배려하고

심지어 사랑한다고까지 말합니다.

그러나 사실은 우리 기준에서 존중하고 배려하고

사랑하는 것이지요. 상대방도 그렇게 느낄지는 알 수 없습니다.

PART 2

비전, 설레는 가슴으로 항해하기

여러분의 인생을
조율해보세요

미국의 어느 부자가 소유했던 물건이 경매에 나왔습니다. 값이 나가는 물건들이 우선적으로 경매가 되었습니다. 경매 끝 무렵 지친 듯한 경매인이 얼마 남지 않은 낡은 물건들 중에서 먼지투성이의 오래된 바이올린 하나를 치켜들고는 조롱 섞인 투로 말했습니다. "이건 대체 얼마나 불러야 할까요? 100달러 없으십니까? 75달러? 50달러? 25달러? 그렇다면 5달러는 어떻습니까?" 그런데도 아무도 관심을 갖지 않았습니다. 힘이 빠진 경매인은 애원하듯 말했습니다. "단 돈 1달러에도 사실 분이 없으신가요?" 그 말에 사람들은 폭소를 터트렸습니다. 이때 등이 굽은 한 노인이 쉰 목소리로 말했습니다. "제가 잠깐 그 바이올린을 살펴봐도 될까요?" 바이올린을 건네받은 노인은 노련한 솜씨로 줄을 조율한 뒤 턱 밑에 갖다 대고는 연주를 시작했습니다. 감미로운 선율이 흘러나오자 낡은 바이올린을 비웃던 사람들이 일순 얼어붙었습니다. 이윽고 독주를 끝낸 노인은 인사를 한 뒤 경매인에게 바이올린을 건네고는 유유히 걸어 나갔습니다. 음악에 취해 있던 사람들이 뜨거운 박수를 보냈습니다. 그때 경매인은 음악의 여운에 취해 있는 사람들을 상대로 외쳤습니다. “이 훌륭한 악기에 얼마를 붙여야 할까요?” 사람들이 서로 가격을 외쳤습니다. 1달러에도 팔리지 않던 이 바이올린은 5000달러에 경매되었습니다.

거의 쓸모없이 취급되던 바이올린이 그 진가를 아는 연주자에 의해 조율되자 그 가치가 무려 5000배나 뛰어오른 것입니다. 그렇습니다. 모든 것은 조율을 거치면 그 가치가 뛰어오릅니다. 하물며 사람의 경우는 말할 나위가 없겠지요. 여러분의 가치도 조율을 거치면 수천 배 커질 수 있습니다.

하지만 일상생활에 지치다보면 자신의 가치를 조율하려는 생각을 갖기보다는 현실에 안주하려고 들지요. 그러면서 이렇게 말합니다.

“내 나이가 얼만데, 이제 와서 뭘 새롭게 시작하겠어. 공부? 그런 건 다 젊었을 때 하는 거야. 꿈도 힘이 있어야 꾸는 거지. 이 나이에는 그저 편하게 지내는 게 제일이야!”

정말 그럴까요? 미켈란젤로가 시스티나 성당의 천장에 〈천지창조〉라는 벽화를 그릴 당시 그의 나이 90세였습니다. 베르디는 80세에 오페라 〈오셀로〉를 작곡했고, 괴테가 대작 〈파우스트〉를 완성한 것은 82세였습니다. 역사를 빛낸 위인들만의 이야기라고 생각하십니까? 그렇다면 미국의 화가 해리 리버맨의 이야기를 들려드리겠습니다.

상당한 부를 축적한 해리 리버맨은 여유롭게 은퇴 생활을 하고 있었습니다. 하루는 노인 클럽에서 체스 상대를 기다리고 있는데 젊은 자원봉사자가 다가와 말을 걸었습니다. "선생님 그냥 앉아서 기다리지 마시고 미술실에 가서 그림을 그리시면 어떨까요?" 리버맨은 당황해서 이렇게 물었습니다. "내 나이가 77세인데 그림을 그릴 수 있겠소? 난 지금까지 붓 한번 잡아본 적이 없는데." 이렇게 시작한 그의 그림은 원숙함이 바탕이 되어 빛을 발했습니다. 그는 101세에 스물두 번째 개인전을 열었고, 평론가들은 그를 미국의 샤갈이라고 칭송했습니다.

리버맨이 나이를 핑계로 새로운 도전을 포기했다면 그의 인생은 무명의 노인으로 끝나고 말았을 것입니다. 그는 무료한 일상을 그림으로 조율해 자신의 가치를 수천 배 이상 높였습니다. 우리네 대부분은 일정한 나이가 지나면, 심한 경우 학창시절만 지나면 자신의 인생이 어느 정도 결정되어버린 것으로 여기고는 스스로 새로운 도전을 포기합니다. 나이는 젊어도 마음은 이미 노인이 되어버린 것이지요. 그러나 해리 리버맨은 77세에 새롭게 도전함으로써 자신의 건재함을 과시했습니다.

시드니 그린버그는 이런 이야기를 했습니다.

만약 우리가 사람들을 믿으면 우리는 청년이다.

그러나 사람을 믿지 않으면 우리는 노인이다.

만약 우리가 인생을 즐길 줄 안다면 우리는 청년이다.

그러나 모든 것을 포기하면 우리는 노인이다.

만약 우리가 새 아이디어를 찾고 있다면 우리는 청년이다.

그러나 과거의 전통에만 의지하고 있다면 우리는 노인이다.

만약 우리가 아름다워지려고 노력한다면 우리는 청년이다.

그러나 과거만을 회상하고 있다면 우리는 노인이다.

만약 우리가 친교와 즐거움을 찾고 있다면 우리는 청년이다.

그러나 고독에서 헤어나지 못하고 있다면 우리는 노인이다.

만약 우리가 행복을 갈망한다면 우리는 청년이다.

그러나 회상만 하고 있다면 우리는 노인이다.

만약 우리가 사랑을 줄 줄 안다면 우리는 청년이다.

그러나 받으려고만 하고 있다면 우리는 노인이다.

만약 우리가 꿈을 가지고 있다면 청년이다.

그러나 꿈을 포기하고 오늘만을 바라본다면 우리는 노인이다.

여러분은 어느 쪽이십니까? 청년이신가요, 아니면 나이에 걸맞지 않게 이미 생각은 노인이신가요? 그도 아니면 일면은 청년, 또 다른 일면은 노인이신가요?

어느 날 세계적인 프로골퍼 잭 니클라우스가 경쟁자이자 친구인 아놀드 파머의 집을 방문했습니다. 그러나 놀랍게도 그의 집에는 아주 오래되어 찌그러진 작은 우승컵 하나만 진열되어 있었습니다. 잭 니클라우스가 물었습니다. "그 많은 우승컵은 다 어디로 갔는가?" 그러자 파머가 웃으며 말했습니다. "나는 집안에 가장 값비싼 트로피만 남기기로 했소. 이 트로피는 프로선수로 첫 우승에서 받은 것이오. 나는 힘들 때마다 이 트로피와 함께 받은 이 상패의 글귀를 보며 마음을 다스린답니다." 그가 보여준 상패에는 이렇게 적혀 있었습니다.

"만약 당신이 패배했다고 생각하면 당신은 패배한 것이다. 만약 당신이 패배하지 않았다고 생각하면 당신은 패배한 게 아니다. 인생은 강한 사람이나 빠른 사람에게 항상 승리를 안겨주지 않는다. 우승자는 자기가 할 수 있다고 생각하는 사람이다."

우리는 자신의 가치를 때때로 잊고 살지요.
폭발적인 잠재력이 있다는 사실을
눈앞의 현실에 가려 잘 보지 못하지요.
조율만 잘하면 수천 배 가치가 높아질 명품인데도 말입니다.

바보들은 항상
결심만 한답니다

저는 부산고검 산하 검찰청을 지도방문할 때면 훈시 대신 '행복경영 이야기' 강의를 하곤 했습니다. 그런데 얼마 전 부산 동부지청 직원 한 분이 제게 이런 편지를 보내왔습니다.

"고검장님의 특강을 듣고 저에게 작은 변화가 생겨 메일을 보냅니다. 강의를 듣고 저는 제 자신의 꿈이 무엇인지 생각해 봤습니다. 그러나 아무리 생각해도 꿈이 없었습니다. 결혼하고 지금까지 하루하루를 보낸 것뿐이었습니다.

아침이면 일어나기 싫어하는 아이들을 소리 질러 깨워 밥을 챙겨 먹이고 나오기 바빴습니다. 그렇게 10여 년을 지냈습니다. 아무리 꿈을 생각하려고 해도 생각이 나지 않았고, 그렇게 사는 게 너무 억울했습니다.

그런데 지난주 토요일 아이들을 교회 문화센터에 데려다주고 기다리는 동안 커피를 마시면서 수다를 떨다가 이 시간을 그냥 보내는 것보다는 뭔가를 해야겠다는 생각이 들었습니다. 가만히 생각해보니 예전에 악기를 배우고 싶어 했던 일이 기억나더군요.

그래서 바이올린 선생님을 만나 배우고 싶다고 말씀 드렸더니 선생님께서 당장 등록하라고 하셨습니다. 후배에게 바이올린을 빌려 바로 시작했습니다. 바이올린 잡는 법과 활 잡는 법을 익히면서 그것만으로도 참 행복했습니다. 언젠가는 나도 무대에서 바이올린을 연주할 수 있을 거라고 생각하니 벌써 흥분이 되었습니다.

검사장님! 이렇게 도전할 수 있는 마음을 주시고 꿈을 갖게 해주셔서 정말 감사합니다.”

이 편지를 읽고 저는 바로 답장을 보냈습니다. “정말 축하할 일이네요. 성인이 되어 자신이 하고 싶은 일을 다시 시작한다는 게 쉽지 않은 일이지요. 인생이 살만하고 아름다운 것은 이런 일이 가능하기 때문입니다. 우리가 상상하는 일이 가능한 일이 되는 것, 그것이 인생이지요. 한 걸음 더 나아가 내년 송년회에는 친구들 앞에서 바이올린 독주를 해보겠다는 꿈을 가져보세요. 연습에 힘이 생길 것입니다.”

제가 쓰는 월요편지에는 “이런저런 것들을 한번 해보면 어떨까요?” 하고 권하는 내용이 적지 않습니다. 그 편지를 읽고 혹시 실행에 옮기신 분이 있으신가요?

변화 관리 분야의 전문가인 팻 맥라건의 책《바보들은 항상 결심만 한다》는 ‘하루에도 몇 번씩 변해야지’라고 생각만 하는 사람들에게 여러 가지 메시지를 던지고 있습니다. 그 책에는 이런 예화가 나옵니다.

> 회사의 능력 창출 프로젝트에 가장 목소리 높여 저항했던 사람 가운데 하나인 나이 든 노조 대표위원이 동료들과 상사 앞에서 이런 말을 했다고 합니다. ‘제가 이제야 깨달은 게 하나 있습니다. 옛날에도 마찬가지지만 지금도 아직 배워야 할 게 너무도 많다는 겁니다. 정말 많은 세월이 흘렀지만 처음으로 출근하는 게 이렇게 흥분되고 즐거운 때가 없었습니다. 하지만 아쉽게도 전 6개월만 지나면 정년퇴직을 합니다. 제가 바라는 게 있다면 남아 있는 여러분들이 일을 할 때 좀더 진취적으로 참여했으면 하는 겁니다’라고 말입니다.

무엇이든 결심했다면 실행에 옮기세요. 금년에도 결심만 한 사람은 내년이 와도 결심만 합니다. 그리고 인생을 운전자로 살지 않고 승객으로만 살고 맙니다. 우리는 우리네 인생의 운전자입니다. 언제든지 결심하고 그 결심에 따라 운전대를 꺾을 권리가 있습니다.

어제 어느 검찰 간부의 상가에서 정성진 전 법무부 장관님을 만났습니다. 반가운 마음에 요즘 무슨 일을 하고 지내시는지 물었습니다. 흔히 검찰 고위직에 계신 분들이 은퇴하시면 골프나 여행으로 소일하시는 경우가 많아 그런 답을 하시지 않을까 예상하며 여쭤봤습니다. 그러나 의외의 대답이 돌아왔습니다. 그동안 바빠서 읽지 못한 책을 읽고 있노라고 하시면서 최영희의 《혼불》 10권짜리와 유성룡의 《징비록》을 재미있게 읽으셨다며 환한 미소로 책의 내용을 설명하셨습니다. 장관님의 얼굴에는 지적 탐구를 향한 호기심이 가득 차 있으셨습니다.

이 계절, 여러분은 어떤 결심을 실행에 옮길 예정이신가요? 이 계절이 다 가기 전에 한 가지만이라도 실행해보는 것은 어떨까요.

나이가 들면 새로운 꿈을 꾸거나
결심을 하지 않는다고 한탄합니다.
그러나 더 안타까운 것은 새로운 꿈만 꾸거나 결심만 하고
실행하지 않는 상습적인 결심주의자가 되는 것 아닐까요.

목표 달성의 요인이
궁금하신가요?

해마다 마지막 달이 되면 연초 세웠던 계획들을 제대로 실행했는지 자신을 돌이켜보게 되지요. 여러분의 연초 목표는 잘 추진되고 계신가요?

목표 달성과 관련해 여러분에게 소개할 이야기가 있습니다. 정일 주임이라고, 대전지검장 시절 제 차를 운전한 분의 이야기입니다. 제가 꿈을 가지도록 권해 공인중개사 시험에 도전했던 분이기도 하지요.

1차 시험에 합격했다는 소식을 들은 지가 엊그제 같은데, 정 주임이 2차 시험에도 합격을 했다는 소식을 이메일로 전해왔습니다.

얼마나 기쁘던지 곧 바로 정 주임에게 전화를 걸어 한참을 축하해주었습니다. 휴가를 내 부산에 놀러오라는 당부도 덧붙였습니다. 운전만 하던 사람이 공인중개사 시험 합격이라는 목표를 세우고 2년간 노력한 끝에 그 목표를 달성해낸 것입니다. 여러분, 어떤가요. 박수를 보낼 만하지 않나요? 우리 주위에 있는 평범한 한 사람이 놀랄 만한 결과를 만들어낸 것입니다. 저는 오늘 정 주임이 어떻게 이런 성공 스토리의 주인공이 되었는지, 그의 목표 달성 요인이 무엇인지 살펴볼까 합니다.

그가 제게 보낸 이메일의 내용은 다음과 같습니다.

"좌절감에 자포자기해 하루하루를 허덕이며 살았던 제가 허황된 꿈처럼 여겼던 일을 해냈다는 기쁨에 자꾸 눈물이 흐릅니다. 어느 날 연락을 받고 검사장님 방에 들어가니 검사장님께서 공인중개사 수험서를 건네주시며 도전해보라고 하셨지요. 책을 받아들고 집에 돌아와 큰 걱정을 했습니다. 운전면허 시험 이후 처음 도전해보는 시험이라 영 자신이 없었습니다.

머리가 띵 하는 충격과 함께 학창시절이 떠올랐습니다. 지금 공부하지 않으면 후회한다는 부모님 말씀과, 그때 부모님 말씀을 들었더라면 더 낫게 살고 있을 거라는 후회가 함께 밀려왔습니다. 그래 지금 하지 않으면 죽을 때 또 후회하겠지. 신이 나에게 다시 기회를 주시는구나 하고 정신이 번쩍 들었습니다.

하지 않던 공부를 하려니 머리가 아파 한의원에서 치료까지 받아가며 공부했습니다. 아내는 그런 저에게 그만두라며 투정을 부리기도 했습니다. 그러던 아내가 몇 달 후 저의 각오가 예 사롭지 않아 보였는지 밤늦은 시간까지 곁에서 이것저것 챙겨 주며 파이팅을 외쳤습니다.

그런 아내에게 1차 합격 소식을 전하자 아내는 눈물을 글썽이며 '당신 멋져요!' 하며 좋아하더군요. 앞으로도 제 꿈을 향해 계속 도전해나가겠습니다.

정 주임의 허락도 없이 제 임의로 그의 편지를 소개했습니다. 그 이유는 이 편지 속에 목표 달성 요인이 고스란히 녹아 있기 때문입니다. 이를 곱씹어 보면 목표 달성을 꿈꾸는 우리 모두에게 교훈이 될 것입니다.

첫째는 목표 달성에 대한 강한 욕구입니다. '지금 하지 않으면 죽을 때 후회하겠지.' 그렇습니다. 연초에 세운 목표를 달성하지 못하고 우리는 또다시 1년을 보냅니다. 이렇게 매년 반복하다보면 결국 죽을 때 후회하게 되는 것이지요.

둘째는 구체적인 목표가 있었습니다. 막연하게 '다이어트를 해야겠다. 독서를 많이 해야겠다'가 아니라 당락이 분명한 공인중개사 시험 합격이라는 구체적인 목표를 가지고 있었기 때문에 포기하는 게 쉽지 않았을 것입니다. 목표를 어떻게 정하는 게 좋은지를 알 수 있는 대목입니다.

셋째는 멘토가 있었습니다. 상사인 제가 그의 목표 달성에 멘토 역할을 해준 게 주효했던 것 같습니다. 상사와 약속을 했으니 중도에 포기할 수도 게을리 할 수도 없었을 것입니다. 저는 틈이 날 때마다 그를 격려했고 각오를 새롭게 해주었습니다. 여러분도 어려운 분을 택해 여러분의 멘토 역할을 부탁드리십시오.

넷째는 목표 추진을 만천하에 공개했습니다. 목표 달성법에 관한 책들은 공통적으로 목표를 정하고 그 사실을 주위 사람들에게 알리라고 권하고 있습니다. 그래야 강제력을 가지게 된다는 것입니다. 제가 강의와 책을 통해 자신의 이야기를 공개적으로 소개했다는 사실을 알고 있는 정 주임으로서는 실패 시 자신에게 엄청난 실망이 돌아올 거라는 부담을 느끼고 있었을 것입니다. 여러분도 목표를 세웠다면 반드시 주위에 선포하십시오.

다섯째는 목표 달성을 신의 뜻으로 승화시켰습니다. 자신이 정한 목표를 달성해도 좋고 아니어도 그만인 게 아니라, 자신의 인생에 두 번 다시 찾아오지 않을 신이 만든 마지막 기회로 인식할 필요가 있습니다. 저도 월요편지를 시작한 게 어쩌면 신의 뜻일지도 모른다는 생각을 가끔 합니다. 그 이후 제 인생이 완전히 달라졌으니까요.

여섯째는 초기의 장애물을 잘 극복했습니다. 누구나 목표를 추진할 때 초기에 겪게 되는 어려움이 있습니다. 매일 조깅을 하기로 한 경우, 전날 술이라도 먹고 아침에 일어나기 싫어 한두 번 빠지다 보면 그만 포기하게 됩니다. 이 초기 장애물을 어떻게 극복하느냐에 따라 성공이 엇갈립니다.

일곱째는 1차 합격이라는 소성공을 자축했습니다. 최종 목표 이전에 작은 목표를 달성하면 반드시 주위 사람과 함께 이를 축하해야 합니다. 이것이 2차 시험 합격을 위한 원동력이 되기 때문입니다. 작은 성공을 자화자찬하십시오. 큰 성공이 기다립니다.

아마도 대부분의 사람들이 연초 목표를 중도에 포기한 여러 차례의 경험이 있을 테고, 정 주임의 성공 사례를 그저 독한 사람의 이야기쯤으로 치부할 수도 있을 것입니다. 그러나 그는 지극히 평범한 우리의 이웃입니다. 내일은 여러분이 이 성공 스토리의 주인공이 될 수 있습니다. "정 주임도 하는데 내가 왜 못해!" 하는 마음을 품으십시오. 이는 제 자신에게 던지는 다짐이기도 합니다.

목표를 달성한 사람들은 특별한 사람이 아니라
우리의 평범한 이웃입니다.
누구나 그 주인공이 될 수 있습니다.
그들은 우리와 다르다고 말하는 순간 우리는
패자일 수밖에 없습니다.

그때는 그때의 아름다움을 모릅니다

40대를 떠나보낼 때의 감회는 조금 남다르더군요. 제가 오라고 해서 온 것도, 떠나라고 해서 떠난 것도 아니지만, 40대는 그렇게 그냥 제 곁에 찾아와 10년을 머물다 또 그렇게 훌쩍 떠나갔습니다. 제 생에 40대는 다시 오지 않겠지요. 아마도 다음 생이 있다면 그때나 만나게 될까요. 저는 이제 돌아올 수 없는 40대에게 이렇게 이야기하고 싶습니다. 나는 너와 만나 그 10년을 최선을 다해 살았노라고, 그리고 다시 만난다고 해도 그 이상 살 수는 없을 것이라고 당당하게 말입니다.

물론 저의 40대가 최선이었다는 의미는 아닙니다. 하지만 그렇지 않고 아쉽다, 후회한다, 다음에는 더 잘할 것이다 이렇게 이야기하면 제 자신이 초라해지기 때문입니다. 물론 부족하고 안타깝

기도 하지만 새로 만난 50대에게 당당하기 위해서라도 이렇게 이야기하고 싶습니다. 여러분은 어떠신가요?

여러분은 20대, 30대, 40대, 50대 중 어디를 지나고 계신가요? 여러분이 만나 함께 하는 그 세월과 어떤 대화를 나누시나요? 이번 편지에서는 각 세대마다 느끼는 다른 감정을 곱씹어 보고 싶습니다.

요절한 가수 김광석은 30대를 이렇게 노래했습니다. 많은 이들의 가슴을 적신 〈서른 즈음에〉라는 노래입니다.

또 하루 멀어져 간다 / 내뿜은 담배 연기처럼 / 작기 만한 내 기억 속엔 / 무얼 채워 살고 있는지 / 점점 더 멀어져간다 / 머물러 있는 청춘인 줄 알았는데 / 비어가는 내 가슴 속에 / 아무 것도 찾을 수 없네 / 계절은 다시 돌아오지만 / 떠나간 내 사랑은 어디에 / 내가 떠나보낸 것도 아닌데 / 내가 떠나온 것도 아닌데 / 조금씩 잊혀져 간다 / 머물러 있는 사랑인 줄 알았는데 / 또 하루 멀어져 간다 / 매일 이별하며 살고 있구나 / 매일 이별하며 살고 있구나

그렇습니다. 30대에는 사랑이 가장 중요했던 것 같습니다. 그 사랑 때문에 울고 웃었습니다. 30대의 여러분, 지금의 연인 혹은 배우자와 마음껏 사랑하십시오. 30대의 사랑의 힘으로 40대와 50대를 산다고 해도 과언이 아닙니다.

한 무명시인은 40대를 이렇게 노래합니다. 그가 노래한 〈40대는 바람에 흔들린다〉라는 시 몇 대목을 읊어보겠습니다.

사십대는 바람에 흔들린다.

바람 불면 가슴이 시려오고

비라도 내릴라 치면 가슴이 먼저 젖어 오는데……

겨울의 스산한 바람에 온 몸은 소름으로 퍼져가고

푸른빛 하늘에 솜털 구름 떠다니는 날엔

하던 일 접어두고 홀연히 어딘가로 떠나고 싶은 것을……

하루하루 시간이 흐를수록

삶의 느낌은 더욱 진하게 가슴에 와 닿는다.

무심히 밟고 지나던 길도

노점상의 골 패인 할머니 얼굴도

이젠 예사롭지가 않다.

(중략)

창가에 서서 홀로 즐겨 마시던 커피도

이젠 누군가를 필요로 한다.

늘 즐겨 듣던 음악도

그 누군가와 함께 듣고 싶어진다.

사람이 그리워지고 사람이 만나고픈

그런 나이임을 솔직히 인정하고 싶다.

어설프지도 곰삭지도 않은

적당히 잘 성숙된 그런 나이이기에……

어쩌면 한껏 멋스러울 수 있는

멋을 낼 수 있는 나이가 진정 사십대가 아닌가 싶다.

그래서인지 사십대란 불혹이 아니라

흔들리는 바람인가 보다.

　제가 떠나 보낸 40대는 이렇게 외로움을 타는 나이인가 봅니다. 통속적인 연속극에 눈물 적시는 나이. 스산한 겨울이면 대상도 없이 누군가가 한없이 그리워지는 것은 어쩌면 40대의 특권일지도 모릅니다.

　저는 이제 50대입니다. 50대를 노래한 시인도 여럿 있습니다. 그러나 저는 50대를 노래한 시보다는 모든 세대를 노래한 박우현의 〈그때는 그때의 아름다움을 모른다〉는 시를 좋아합니다. 이 시에는 깊은 깨달음이 담겨 있습니다.

이십대에는

서른이 두려웠다

서른이 되면 죽는 줄 알았다.

이윽고 서른이 되었고 싱겁게 난 살아 있었다.

마흔이 되니

그때가 그리 아름다운 나이였다.

삼십대에는

마흔이 무서웠다.

마흔이 되면 세상 끝나는 줄 알았다.

이윽고 마흔이 되었고 난 슬프게 멀쩡했다.

쉰이 되니
그때가 그리 아름다운 나이였다.

예순이 되면 쉰이 그러리라.
일흔이 되면 예순이 그러리라.

죽음 앞에서
모든 그때는 절정이다.
모든 나이는 아름답다.
다만 그때는 그때의 아름다움을 모를 뿐이다.

그렇습니다. 여러분이 20대이든, 30대이든, 40대이든, 50대이든
지금이 절정입니다. 지금이 아름답습니다. 이 시간이 지난 후 그
사실을 깨닫지 말고 지금 깨달았으면 좋겠습니다. 찬란한 오늘이
여러분을 기다리고 있으니까요.

'서른이 되면 죽는 줄 알았다.
마흔이 되면 세상이 끝나는 줄 알았다'는
시인의 고백이 가슴 찡하게 전해옵니다.
그때의 아름다움을 알고 누리는 지혜가 필요합니다.

신년의 기도

새해 아침이 밝았습니다.

쉰이 넘어 맞이하는 새해 첫날도 스무 살의 설렘으로 맞이하게 하소서.

12월 31일이나 1월 1일이나, 그날이 그날이라고 냉소적으로 생각하지 않고 새해 1월 1일은 내 삶이 완전히 바뀌는 찬란하고 위대한 하루라고 믿게 하소서.

새로운 계획을 세우는 일이 작심삼일로 그치는 것을 뻔히 알면서도 마치 생애 처음 세우는 계획처럼 가슴 울렁이며 세우게 하시고, 사흘 만에 중단하더라도 다시 그날 새로운 계획을 세우는 어리석음을 반복할 지혜를 주소서.

고개를 돌려 제 곁에 누워 있는 아내를 당신이 주신 천상의 선물이라 여기고, 그녀가 원하는 대로 그것이 비록 허망하고 무모한 것이라도 따라줄 수 있는 우직함을 허락하소서.

건강하게 자라주는 자식에게 무엇을 바라고 요구하기보다는 제가 걸어가는 뒷모습을 보고 무언가를 배울 수 있기를 속으로 갈망하는 한 박자 더딘 사랑을 가질 수 있게 하소서.

팔순의 노모에게 말벗을 해드리는 5분이, 그분이 돌아가신 후 그 빈자리를 아쉬워하며 흐느끼는 5일보다 더 소중함을 깨닫게 하시고, 지금은 듣기 귀찮은 잔소리가 그분이 돌아가시고 나면 들고 싶어도 들을 수 없는 그토록 그리운 소리임을 아직 시간이 남았을 때 깨닫는 행운을 주소서.

친구들과 만나 기울이는 소주잔보다 가족과 함께 먹는 저녁 밥그릇 속에 더 큰 행복이 담겨 있음을 알게 하소서.

아침이면 이불 속에서 5분을 더 잘 것인지, 일어날 것인지를 갈등할 때 항상 일어나려는 내가 더 자려는 나를 이길 수 있게 응원해주소서.

이른 새벽 홀로 고요히 묵상하며 어제의 어리석음을 오늘 다시 반복하지 않게 해달라고 간절히 기도하는 시간을 단 5분이라도 가질 수 있게 허락하소서.

아침 운동을 생략하고 건너뛰려는 수만 가지 이유를, 아침 운동 후 땀 흘린 다음의 뿌듯한 기억으로 이겨내 오늘 아침도 힘차게 뛰고 있는 내 다리의 감각을 느끼게 하소서.

어제의 실수와 아쉬움을 애석해하며 후회하기보다는 내일의 꿈과 희망을 생각하며 실천을 다짐하는 하루가 되게 해주시고, 어제의 감옥에 스스로 갇히기보다는 내일의 광장으로 나가 찬란한 미래를 맞이하게 해주소서.

건강은 바르고 성실했던 지난날에 대한 상이고 병은 무질서하고 방탕했던 과거에 대한 벌이라는 당연한 진리를 가슴깊이 새기고, 오늘의 삶이 내일의 건강과 병을 결정짓는 너무도 소중한 것임을 늘 의식하며 생활하게 하소서.

가진 게 많고 지위가 높은 새로운 친구를 사귀려 애쓰기보다는 비록 가진 것은 적고 지위는 낮으나 오랫동안 묵묵하게 나를 바라보며 응원해온 옛 친구를 떠올리며 그에게 '소원해서 미안했다'고 고백하는 아름다운 편지를 띄우게 하소서.

새로이 만나는 많은 사람들을 이익과 손해의 잣대로 분별하는 영리함보다는 그들 모두를 하늘이 내게 보내주신 귀인으로 정성껏 대하는 한결같음이 더 지혜롭다는 것을 깨닫게 하소서.

우리가 청춘을 바쳐 일하는 검찰에 대한 가치를 매달 받는 월급으로 평가하지 않고 우리가 세우는 정의의 높이와 우리가 보호하는 인권의 넓이로 평가하게 하셔서 우리 스스로 우리를 소중하게 여기고 우리의 사명을 무겁게 느끼게 하소서.

인사 때 주어지는 자리가 만족스럽지 않아 속상해하기보다는 나에게 주어진 자리를 충분히 감당하지 못하는 부족함과 어리석음에 마음 아파하는 겸손을 가르쳐주소서.

상사, 동료, 부하 등 나를 둘러싼 모든 사람들이 나에게 잘해주지 않는다고 불평하기보다는 내가 그들을 위해 최선을 다하지 못하는 것에 죄스러워할 줄 알게 하소서.

"혹시 상사, 동료, 부하의 배우자 이름을 아시나요? 자녀들이 몇이고, 몇 학년인지 아시나요? 모른다면 그들을 전혀 모르는 것입니다." 우리는 이렇게 모르는 사람과 일하고 있습니다. 금년에는 그들을 더 잘 알도록 채찍질해주소서.

"누군가 억울함을 당했을 때 가장 먼저 떠오르는 기관이 검찰이고 싶습니다. 검찰이 수사하면 공정하고 바르며 검찰이 내린 결론은 항상 불편부당하다는 신뢰를 이룩하고 싶습니다. 검찰은 강자와 가진 자의 편이 아니라 힘없고 가난한 자의 눈물을 닦아주고 상처를 어루만져주는 기관이고 싶습니다." 이 소망을 매일 아침 곱씹으며 하루를 시작하게 도와주소서.

성공의 법칙은 '받고 싶은 대로 대접하라'는 것임을 한순간도 잊지 않고 늘 행하게 해주소서.

뭔가 새롭게 시작하고 싶을 때 나이가 많음을 한탄하지 말고 용기가 부족함을 깨닫게 하셔서 항상 열린 마음과 자세로 뭔가를 배우는 나날이 되게 하소서.

인생이 좀 더디 가고 때로는 뒷걸음질 친다고 여겨질 때 거리의 신호등에도 파란불만 있는 게 아니라 빨간불도 있다는 것을 기억하고 기다리고 참는 성숙함을 허락하소서.

행복은 어린 시절 읽은 동화책의 파랑새처럼 내가 찾아 나서야 하는 게 아니라 항상 내 마음속에 숨어 있어서, 욕심을 줄이고 남과 비교하기를 그치면 언제나 나타난다는 평범한 사실을 깨달아 행복을 자전거 타기처럼 매일 연습하게 하소서.

오늘 올리는 기도가 하나도 이뤄지지 않더라도 내년 1월 1일 다시 똑같은 기도를 올릴 수 있는 현명함과 강한 집념을 미리 예비하셔서, 기도가 이뤄지지 않을 것을 염려해 기도를 포기하는 한심함을 저지르지 않게 도와주소서.

신년의 기도가 1월 1일의 연례행사로 그치지 않고
매월 1일마다 다시 읽어보는 월례행사가 되게 해주시고,
나아가 매일 아침마다 읽고 간구하는
일일행사가 되게 해주소서.

5년 후, 10년 후를
생각하며 사시나요?

지난 5년 동안 여러분이 한 일 중, 삶을 변화시킨 가장 중요한 것 다섯 가지를 꼽으라면 어떤 것을 선택하시겠습니까?

저의 경우는 이렇습니다.

첫째는 행복경영을 시작한 것입니다. 2008년 3월 대전지검장으로 부임해 행복경영을 시작하면서 행복경영의 핵심이 부하들에게 화를 내지 않는 것이라고 생각했습니다. 그래서 그때부터 어떤 경우에도 화를 내지 않겠다고 결심했고 그리고 지금까지 그 결심을 지키고 있습니다. 화를 내지 않는 것만으로도 제 인생이 확 바뀌었습니다.

둘째는 월요편지를 쓰기 시작한 것입니다. 2008년 3월 24일부터 시작했으니까 벌써 꽤 많은 시간이 흘렀습니다. 매주 월요일마다 공개적인 편지를 쓴다는 게 결코 쉬운 일이 아니었습니다. 누가 시킨 것도 아닌데 스스로의 약속을 지키기 위해 매주 편지를 쓰기 위해 끙끙댑니다. 그러나 이 월요편지를 쓰기 시작하면서 매사 깊이 있게 생각하는 습관이 생겼고, 저만의 시각도 생겨났습니다. 이를 위해 독서를 하거나 타인과 깊이 있는 대화를 나누기도 합니다. 그 결과 좀더 다양한 교양과 지식을 갖추게 되었지요.

셋째는 대중 강연을 시작한 것입니다. 저는 수백 명을 앞에 두고 하는 강연을 해본 경험이 없었습니다. 그런데 사법연수원 부원장 시절 의무적으로 실시하는 1000명의 연수생을 대상으로 하는 두 번의 특강을 준비하면서 강의의 묘미를 깨달았습니다. 그 후 '검찰을 경영하다', '법조의 미래 이야기', '행복경영 이야기' 등 서너 가지 주제로 지금까지 수십 차례의 외부 강연을 해왔습니다. 이제는 제법 잘한다는 평을 듣기도 합니다. 강의에 문외한이었던 제가 전문 강사 축에 들게 된 것입니다.

넷째는 검찰에 '6시그마'를 도입한 일입니다. 대구지검 차장 시절 시작한 일이 대검 범죄정보기획관 시절 혁신추진단장을 맡으며 6시그마를 전 검찰로 확산시켰습니다. 기업의 경영 혁신 기법인 6시그마를 과감하게 검찰에 도입한 것입니다. 이를 통해 혁신에 대해 공부하게 되었고, 검찰의 혁신을 맡아 추진해보는 경험도 가졌습니다. 개인적인 차원에서도 모든 면에서 혁신적인 사고를 지니게 되었고 방법론도 터득하게 되었습니다.

다섯 번째는 법조 교육 분야에서 일한 경험입니다. 먼저 법무연수원 검사교육과정을 혁신하는 작업을 추진하면서 교육에 대해 공부하게 되었습니다. 교육의 중요성과 현대 교육의 방법론, 교육 혁신 등 지금까지 접하지 못한 주제에 대해 공부하게 되었습니다. 그리고 사법연수원 부원장을 지내면서 법원의 교육 체계와 방법론 등에 대해 경험할 기회를 가졌습니다. 그 과정에서 조직을 발전시키기 위해서는 교육이 무엇보다 중요하다는 사실도 자연스럽게 터득했습니다.

제가 이렇게 장황하게 설명을 한 이유는 여러분도 지난 5년을 회상하며 여러분의 인생을 변화시킨 다섯 가지를 적어보시라는 의미에서입니다. 실제로 우리는 매일매일을 분주하게 살고 있지만, 5년이라는 긴 세월을 펼쳐 보면 인생을 바꾸는 데 영향을 줄 만한 의미 있는 일이 그다지 많지 않은 것 같습니다. 앞으로 펼쳐질 5년도 마찬가지겠지요.

하루하루 살아가며 하는 일 중에 어떤 것이 5년 후 우리의 삶을 바꾸게 될지 궁금하지 않으십니까? 어제 한 일과 그리고 오늘 한 일 중에 그런 일이 포함되어 있으십니까? 진정으로 의미 있는 하루는 그런 일이 많이 포함된 하루가 아닐까 싶습니다.

잭 웰치의 부인 수진 웰치가 쓴 저서 중에《10-10-10 인생이 달라지는 선택의 법칙》이라는 책이 있습니다.

그 내용은 이렇습니다. 인생에서 어떤 선택을 해야 할 때 세 가지 관점에서 생각해보라는 것입니다. 먼저 10분 후의 관점입니다. 둘째는 10개월 후의 관점입니다. 세 번째는 10년 후의 관점입니다.

그 책에 나오는 사례 한 가지입니다.

　나탈리는 기술회사의 경영자이자 두 명의 10대 아들을 두고 있는 엄마입니다. 평소 자주 만나지 않았던 삼촌 찰리가 돌아가셔서 장례식에 참석해야 했습니다. 그때 마침 열다섯 살짜리 큰아들이 전화를 해 "축구 연습에 태워다 줄 사람이 못 오게 되었으니 엄마가 태워다 줄 수 있냐?"고 했습니다. 곧이어 남편이 전화를 해 "회사가 늦어질 것 같으니 둘째아들을 치과에 데려다 줄 수 있을까?"라고 물었습니다. 나탈리는 장례식과 두 아들을 차로 이동시켜야 하는 사이에서 선택을 해야 했습니다. 10분 후 관점은 삼촌의 장례식에 가지 않는 편이 편했습니다. 아이들을 태워다 줄 사람을 구하는 것은 쉽지 않은 일이니까요. 10개월 후 관점을 생각하니 나탈리는 찜찜했습니다. 그것은 삼촌과 마지막 인사를 나눌 기회를 포기하는 것이었습니다. 10년 후 관점은 어떨까요. 나탈리는 부모로서 아이들에게 존경심과 책임의 가치를 가르치기 위해서는 자신이 모범을 보여주어야 한다고 생각했습니다. 그래서 큰아들에게는 삼촌 장례식에 가야 하니 차를 태워줄 다른 사람을 구하라고 전화하고, 둘째아들에게는 삼촌 장례식엘 가야 하니 치과 약속을 취소하고 다른 날로 잡자고 전화했습니다. 두 아들들은 충분히 이해해주었습니다. 게다가 남편은 그 소식을 듣고 자신도 같이 가겠다고 나섰습니다.

　'10-10-10'의 관점을 적용하지 않고 순간의 기분이나 귀찮다는 생각으로 결정했더라면 중요한 가치를 놓치고 먼 훗날 두고두고 후회할 결정을 하게 되었을 것입니다.

　우리는 하루하루 살면서 이런 실수를 수도 없이 저지릅니다. 그러나 향후 5년간의 삶에 영향을 미칠 일에 집중하고 '10-10-10'의 관점에서처럼 장기적인 시각을 보유한다면 우리의 인생이 훨씬 덜 후회스러울 것입니다. 여러분, 오늘부터 시작해보시죠. 새로운 시각이 열릴 것입니다.

크리스털 크리스마스를
꿈꾸십시오

여러분, 이번 주가 올해의 마지막입니다. 여러분의 올해는 어떠셨나요. 엄청난 변화가 있었던 분도 계실 테고, 작년과 비교해 큰 변화가 없었던 분도 계실 것입니다. 그러나 여전히 무언가를 이루기 위해 달려오셨을 테지요. 여러분의 그 '무언가'는 무엇인가요? 혹시 그 무언가를 잃어버린 분도 있지는 않으신지요.

이번 크리스마스는 화이트 크리스마스일 뻔했습니다. 안타깝게도 24일이 아닌 23일 밤에 눈이 내려 화이트 크리스마스의 느낌이 크리스마스 당일까지 이어지지는 못했습니다. 미국에서의 화이트 크리스마스의 공식적인 정의는 크리스마스 당일인 12월 25일 오전 7시, 최소 1인치의 눈이 있어야만 인정한다고 합니다.

이 기준에 의하면 올해 서울의 크리스마스는 분명 화이트 크리스마스는 아니었습니다. 서울이 화이트 크리스마스가 될 확률은 27퍼센트쯤 된다고 하니 5년에 한 번씩은 화이트 크리스마스를 맞이하는 것 같습니다.

사람들은 모두 화이트 크리스마스를 꿈꿉니다. 누가 화이트 크리스마스의 개념을 만들었는지는 모르지만, 화이트 크리스마스라는 단어만 들어도 가슴 설레고 왠지 좋은 일이 생길 것만 같습니다. 크리스마스 무렵은 북반구 대부분의 지역에 눈이 오기 시작하는 계절이고, 하얀 눈은 속죄라는 기독교적 의미와 맞닿아 있기 때문에 생겨난 개념이라는 게 통상적인 설명입니다.

그러나 조금 더 깊이 생각해보면 예수님이 태어나신 베들레헴에서는 눈을 만날 수 없기 때문에 화이트 크리스마스라는 개념은 상상할 수 없는 일이었을 겁니다. 그러면 열대지방에서는 크리스마스를 어떻게 보낼까요.

몇 년 전 크리스마스 기간에 남태평양의 아름다운 섬나라 팔라우에 간 적이 있었습니다. 그런데 그 더운 나라에서도 크리스마스 트리를 만드는가 하면 거리에 루미나리에를 설치해 곳곳이 아름답게 빛나고 있었습니다. 그 더위 속에서도 산타 복장을 한 사람들의 모습까지 보여 우리네 크리스마스와 별반 느낌이 다르지 않았습니다. 푹푹 찌는 날씨만 빼놓고는 말입니다.

그런데 문득 가이드가 이렇게 물었습니다. "혹시 크리스털 크리스마스를 아십니까?" 화이트 크리스마스는 수없이 들어봤지만 크리스털 크리스마스는 난생 처음 듣는 말이었습니다. 고개를 갸우

뚱 하자 잠시 후에 그 뜻을 알게 될 거라며 빙긋이 웃더군요. 우리 가족은 작은 배를 타고 낚시를 하러 바다로 나갔습니다. 한참을 이동하는데 갑자기 하늘에서 폭우가 쏟아지기 시작했습니다. 저 멀리 하늘에는 태양이 떠 있는데 우리가 지나가는 지역에만 소나기가 내리기 시작한 것입니다. 우리는 허둥지둥 비를 피하기 위해 배의 차양 안으로 자리를 옮겼습니다. 그러자 가이드가 우리에게 크리스털 크리스마스를 경험하게 된 것을 축하한다고 말하는 것이었습니다. 어리둥절해 있는 우리 가족을 보며 가이드는 바다의 표면을 가리켰습니다. 하늘에서 내리는 비는 바닷물에 부딪치며 태양에 반사되어 수정처럼 빛나고 있었습니다. 이 지역에서는 이를 크리스털 크리스마스라고 하며, 모두가 이 순간을 기다린다고 했습니다. 우리의 화이트 크리스마스에 해당하는 모양이었습니다. 다만 우리와 다른 점은 크리스털 크리스마스는 매년 경험할 수 있다는 것입니다. 열대지방에는 매일 한두 차례 소나기가 내리기 때문에 바다에만 나가 있으면 크리스털 크리스마스를 만날 수 있는 것이지요.

　이처럼 사람들은 저마다 기다리는 꿈이 다릅니다. 주어진 환경에 따라 그 꿈은 다르게 나타납니다. 그러나 중요한 것은 꿈이 존재한다는 것입니다. 소망이 있다는 것입니다. 눈이 없는 열대지방에서는 나름대로 자신들의 소망을 파도에 부서지는 빗방울에 실었습니다. 그리고는 크리스털 크리스마스라는 시적인 표현을 만들어 냈습니다.

아니 지역에 따라 화이트에서 크리스털로 바뀌는 게 아니라 시기에 따라 또 자신의 상황에 따라 우리의 꿈은 바뀔 것입니다. 그러나 그 꿈만은 버리지 않았으면 합니다. 화이트 크리스마스를 맞이하기 어려워 안타까우신가요? 수년을 간구해도 만나지 못했다면 마음의 대륙을 북반구에서 열대로 바꾸어 여행해보세요. 그리고 만나기 어려운 화이트 크리스마스 대신 평범하지만 주위에서 쉽게 만날 수 있는 크리스털 크리스마스를 소망해보면 어떨까요?

화이트 크리스마스든 크리스털 크리스마스든
기다리는 무언가가 있다는 것이 중요합니다.
나이가 들어도 어린 시절처럼 크리스마스를 기다리는 일이
가슴 설레는 그 무엇이었으면 좋겠습니다.

어떤 역사의식을
가지고 사시나요?

1848년 청년 한 사람이 아일랜드를 떠나 미국으로 향하는 배에 올랐습니다. 그에게는 이민이 죽음으로부터의 탈출이었습니다. 그는 미국 동부 보스턴에 정착해 열심히 일했습니다. 위스키 통을 팔아 재산을 불렸습니다. 그러나 그는 가난에서 벗어나지 못하고 젊은 나이에 세상을 떠났습니다.

그의 외아들은 닥치는 대로 일을 해 돈을 벌었고 아일랜드 이민 사회의 일이라면 발 벗고 나섰습니다. 그의 이런 성격 덕분에 그는 주 하원의원에 당선되었습니다. 그러나 아일랜드계라는 사실 때문에 보스턴의 명문가를 이루고 있던 영국계로부터 천시를 받았습니다. 그는 이를 극복하는 길은 자식을 하버드 대학교에 입학시키는 것이라고 생각했습니다. 영국계의 자녀들과 같은 학교를 나와 교류한다면 그런 천대는 받지 않아도 되기 때문이었습니다.

다행히도 그의 아들은 그의 소망대로 공부도 잘하고 운동도 잘했습니다. 그리고 드디어 그토록 소망하던 하버드 대학교에 합격했습니다. 명문가 아이들과 사귀며 그들의 신임을 받았습니다. 그 결과 파산한 은행을 인수한 명문가 자제들이 그에게 은행장 자리를 제의했고 이는 곧 그의 성공의 밑거름이 되었습니다.

그 후 그는 사업을 크게 일으키고 월슨 대통령의 후원자가 되었습니다. 그리고 정계에 입문해 영국대사를 거쳐 대통령 후보 물망에까지 올랐습니다. 그는 자신이 이루지 못한 대통령의 꿈을 아들이 이뤄주기를 바랐습니다. 놀랍게도 꿈이 이뤄져 그의 큰아들이 미국 대통령이 되었습니다. 그가 미국 35대 대통령 존 F 케네디입니다. 그의 증조부가 아일랜드에서 미국으로 이민을 온 1848년으로부터 정확하게 113년 만에 그의 증손자가 대통령이 되어 미국의 명문가를 이룬 것입니다.

뉴스에서 미국 정치 명문가인 케네디 가문의 정치 명맥이 끊어지게 되었다는 보도를 접한 적이 있습니다. 60여 년 동안 대통령 한 명, 상원의원 세 명, 하원의원 네 명, 장관 한 명을 배출한 케네디가가 에드워드 케네디 전 상원의원의 아들 패트릭 케네디가 정계를 은퇴함으로써 명맥이 끊어진다는 것입니다.

이 뉴스를 접하면서 우리나라의 가문에 대해 생각해봤습니다. 조선시대에는 안동 김씨, 안동 권씨, 풍양 조씨 등 권문세가가 많았습니다. 그 가문들이 우리나라 역사에 어떤 영향을 끼쳤든 관계없이 실존했습니다. 그런데 그 가문들이 일제강점기를 거치며 대부분 소멸되었고 지금도 대를 이어가고는 있지만 아무도 과거의 영화를 재현하리라 생각하지는 않습니다.

역사가 긴 유럽에는 몇백 년 된 가문들이 많습니다. 그 후손들은 항상 그 가문의 역사를 생각하며 살아간다고 합니다. 톨스토이는 러시아의 600년 된 귀족 집안 출신이고, 철학자 러셀 경 역시 영국의 600년 된 귀족 집안 출신입니다. 그들의 작품 속에는 그 역사가 배어 있습니다.

우리는 일제강점기로 역사가 단절된 탓에 가문이라는 의식을 별로 하지 않고 살아갑니다. 그저 당대에 잘 먹고 잘사는 데만 급급하지요. 그러다보니 자녀 교육도 그 자녀가 역사를 가진 가문의 일원으로서 어떤 역할을 해야 하고 어떤 책임감을 가져야 하는지에 초점을 맞추기보다, 그 자녀가 어떻게 하면 성공할 수 있을지에만 초점을 맞추는 것 같습니다.

저만의 기우라면 좋겠지만, 주위를 살펴보면 역사적 안목을 가지고 자녀 교육을 시키는 경우는 많지 않은 것 같습니다. 사실 저도 그래왔으니까요.

또 집안에 찬란한 조상이 없으면 어떻습니까. 케네디의 증조부처럼 자신의 후손 중에 이 나라를 이끌어갈 훌륭한 자손이 나오기를 바라며 자신이 명문가의 시조가 되겠다고 마음먹는 것도 나쁘지는 않을 듯합니다. 혹시 누가 압니까. 지금으로부터 100년 안에 이 글을 읽는 분 중 누군가의 자손이 대한민국을 이끌 대통령이 되거나 노벨상의 주인공이 될지도 모르는 일이지요. 안목을 길게 가지는 게 필요하다는 이야기입니다.

검찰에 대해서도 같은 이야기를 적용할 수 있습니다. 우리는 검찰을 스쳐간 선배들에 대해 별로 관심이 없습니다. 저 역시 부산고검장이면서도 과거 어느 고검장님이 어떤 훌륭한 업적을 남기셨는지 등의 역사에 대해 무관심합니다. 또 한편으로는 자신이 하는 일이 부산고검의 역사의 일부라는 생각도 별로 없는 것 같습니다. 제가 다하지 못한 일을 후배 검사장이 해줄 거라는 식의 생각도 별로 없습니다. 그저 자신만 열심히 일하고 임기를 마치면 그만이라는 하루살이 같은 생각을 하는 것 같습니다.

외국의 기관이나 학교에 가보면 회의실에 몇몇 초상화가 걸려 있는 것을 흔하게 볼 수 있습니다. 궁금해서 물어보면 그 기관이나 학교에 훌륭한 업적을 남긴 분들인 경우가 대부분입니다. 대학교의 경우에는 총장 중에서 존경받는 몇몇 분의 초상화를, 법무부의 경우에는 역대 장관 중 후배들이 추앙하는 몇몇 분의 초상화를 만들어 걸어두고 있다는 것이었습니다. 우리 검찰청 회의실에 역대 검사장의 증명사진이 일률적으로 걸려 있는 것과는 그 분위기가 사뭇 달랐습니다. 그들은 그들의 자랑스러운 역사를 후배들에게 가르치고 있는 것입니다.

여러분은 어떤 의식으로 사시나요. 여러분이 조직의 간부이건 아니면 하위직이건 여러분의 10년 전 또는 30년 전 선배들이 무엇을 생각하고 무엇을 남겼는지, 여러분의 10년 후 또는 30년 후 후배들이 조직을 어떻게 발전시킬지, 그렇게 하기 위해서 우리는 무엇을 어떻게 해야 하는지 고민해보신 적이 있으신가요?

역사를 잊은 민족에게는 미래가 없다는 말이 있습니다. 한 가문이나 한 조직이나 한 국가나 그 구성원들에게는 이런 긴 안목의 역사의식이 필요합니다.

또 한 해가 저물어가고 있습니다. 이 해도 이제 곧 역사 속으로 사라질 것입니다. 여러분에게 올해는 어떤 의미였나요?

100년 후 내 자손들은 어떤 모습일까.
나의 이름을 딴 가문이 생길 수 있을까.
그들에게 나는 어떤 조상으로 기억될까.
이런 생각이 과연 부질없는 것이기만 할까요?

한 해 동안 소망했던 것들,
이루셨나요?

올해가 저물고 있습니다. 올 한 해, 여러분에게는 어떤 의미로 남는 해였나요? 연초에 소망하셨던 일들은 모두 이루셨나요? 혹시 무엇을 소망했는지 기억조차 안 나시는 건 아닌가요? 그런 분들이 대부분이실 테니 생각나지 않더라도 스스로를 너무 책망하진 마세요.

다행히 저는 1월 4일 월요편지에서 '신년의 기도'라는 제목으로 공사생활에서의 소망을 기원했습니다. 이번 월요편지를 쓰기 전, 연초에 작성했던 '신년의 기도'라는 제목의 글을 다시 한 번 읽어보았습니다. 그러나 애석하게도 저 역시 대부분의 소망이 소망으로 그치고 말았습니다. 그중 특히 아쉬운 대목을 꼽자면 "새로운 계획을 세우는 일이 작심삼일로 그치는 것을 뻔히 알면서도 마치 생애 처음 세우는 계획처럼 가슴 울렁이며 세우게 하시고, 사흘 만에 중단하더라도 다시 그날 새로운 계획을 세우는 어리석음을 반복할 지혜를 주소서”. “뭔가 새롭게 시작하고 싶을 때 나이가 많음을 한탄하지 말고 용기가 부족함을 깨닫게 하셔서 항상 열린 마음과 자세로 뭔가를 배우는 나날이 되게 하소서”입니다.

저는 이 두 대목이 가장 가슴에 와 닿았습니다. 계획이 틀어졌을 때 왜 또다시 반복하지 못했을까. 왜 새로운 것을 다시 시작할 용기가 점점 줄어드는 것일까 하고 말입니다.

학자들은 지금 나이가 쉰인 사람은 앞으로 50년은 더 살아야 한다고 이야기합니다. 설마, 하고 생각하지만 실제로 주변에서 생을 다하는 분들을 보면 90세가 넘으신 분들이 적지 않으십니다. 80세 이상 되신 분들이 정정하게 건강한 삶을 유지하고 계신 것을 보면 실제로 그렇게 될 것 같기도 합니다.

자! 그러면 저는 앞으로 50년 이상을 더 살 준비를 해야 합니다. 퇴직 후 몇 년이 아니라 제가 검사로 재직한 28년보다 무려 22년을 더한 세월을 살아가야 합니다. 상상이 되십니까?

그런데 우리는 이런 생각을 하지 않고 사는 것 같습니다. 어떤 사람은 앞으로 몇 년도 살지 못할 사람처럼 한 해에 이것저것 많은 것을 하려고 욕심을 냅니다. 영어회화도 배우고, 와인 공부도 하고, 색소폰도 연습하고, 책도 많이 읽고, 여행도 많이 다니고 싶어 합니다. 그러다보니 어느 것 하나 제대로 하는 것 없이 우왕좌왕하기 일쑤입니다.

또 어떤 사람은 세상을 다 산 사람처럼 아무 것도 하지 않고 세월을 보냅니다. 목표도 꿈도 없습니다. 어제나 오늘이나 내일이나 그날이 그날입니다. 그런데 자신에게 남은 수십 년을 이렇게만 보낼 수 있을까요? 너무 단조롭고 무성의한 삶은 아닐까요?

저는 전자의 경우에 속하는 유형입니다. 욕심이 많아 이것저것 손대다가 결국 하나도 제대로 못하는 타입이지요. 영국의 극작가 버나드 쇼가 묘비명으로 쓰게 했다는 문구가 생각납니다. "우물쭈물하다가 내 이렇게 될 줄 알았지."

우리에게는 생각보다 많은 시간이 있습니다. 지금부터 여유 있게 하나하나 계획을 세워도 좋을 것 같습니다. 제가 한 가지 제안을 드리고 싶습니다. 매년 한 가지씩 확실하게 배워보는 것은 어떨까요.

요즘 우리는 너무 대충 알고 지나가는 경향이 있는 것 같습니다. 얼마 전 아내와 러시아 오케스트라에 관한 영화 〈더 콘서트〉를 봤습니다. 그러나 영화에 대한 제 기억은 '매우 감동적인 차이코프스키 음악에 대한 영화'라는 게 고작이었습니다.

영화 감상을 계기로 차이코프스키 음악에 대해서도 더 공부하고, 차이코프스키의 바이올린 협주곡도 열심히 듣고, 배우나 실제로 연주한 오케스트라에 대해서도 알아본다면 훨씬 더 풍부한 지적 탐구가 가능했을 텐데, 그저 좋은 영화라는 감탄사로 끝내고 말았습니다.

현대 경영학의 아버지라는 피터 드러커는 3~4년을 주기로 다른 주제에 대해 공부했다고 합니다. 통계학, 중세 역사, 일본 미술, 페루 미술, 자연과학 등 그가 관심을 가진 분야는 매우 다양합니다. 3년 정도 공부한다고 한 분야의 학문을 완전하게 터득할 수는 없겠지만, 이해하는 데는 충분하다는 게 그의 생각이었습니다. 이런 식으로 피터 드러커는 60년 이상 한 시기마다 하나의 주제를 정해 스스로 공부했습니다. 그는 95년 11개월의 삶을 끝으로 세상을 떠났습니다. 그는 이미 우리들의 예상 평균 수명을 다 살고 떠난 셈입니다. 그러니 그의 공부 방법이 우리에게 시사하는 바는 매우 큽니다.

그러나 피터 드러커와 같은 대학자가 아닌 그저 교양을 쌓으려는 우리들로서는 하루 1시간씩 1년을 투자하는 정도면 하나의 주제를 이해할 정도는 될 것 같습니다. 와인도 좋고, 베토벤도 좋고, 피카소도 좋고 자신이 관심 있는 분야를 선택해 공부해보는 것입니다. 그러다가 1년 안에 못 마치면 어떻습니까. 1년 더하면 되지요. 그래도 너무 많은 것을 하려다가 아무 것도 배우지 못하는 것이나 아무 것도 안 하는 것보다는 훨씬 나은 것 같습니다.

한 해가 저무는 이즈음에 너무 거창한 것만 생각하지 마시고 내년에 공부할 한 가지 주제에 집중해보시는 건 어떨까요.

연초에 작성했던 '신년의 기도'의 가장 마지막 부분, 기억하시나요?

"오늘 올리는 기도가 하나도 이뤄지지 않더라도 내년 1월 1일 다시 똑같은 기도를 올릴 수 있는 현명함과 강한 집념을 미리 예비하셔서, 기도가 이뤄지지 않을 것을 염려해 기도를 포기하는 한심함을 저지르지 않게 도와주소서."

기도 내용 중 아무것도 이루지 못했지만 저는 용기를 내어 내년 1월 1일 다시 기도를 드릴 것입니다. "금년에는 욕심내지 말고 한 가지만 소망하는 지혜를 달라"고 말입니다.

인생은 계획대로만
되지 않습니다

LA 현지 시각으로 아침 8시 20분, 저는 LA에서 샌프란시스코로 가기 위해 이륙을 준비 중인 비행기 안에 앉아 있었습니다. 그런데 갑자기 기내가 소란스러워지더니 승객들이 내릴 준비를 하기 시작했습니다. 영어에 능숙하지 못해 기내방송을 듣지 못한 저는 옆자리 승객에게 무슨 일인지 물었습니다. 샌프란시스코 기상 상황이 나빠 2시간 연발하기 때문에 비행기에서 내려야 한다는 것이었습니다.

비행기에서 내려 기다리고 있는데 갑자기 승객들이 탑승구 옆 카운터로 몰려가는 것이었습니다. 한국인으로 보이는 신사분께 이유를 물었더니, 비행기가 바뀌기 때문에 표를 바꿔야 한다는 것이었습니다. 그런데 그분이 직원으로부터 들은 설명에 따르면 상황이 꽤 심각했습니다. 바꿔주는 표는 오후 4시 50분 비행기이고, 그

전에 출발하는 오전 11시 35분 비행기는 대기자 명단에 올려줄 수 밖에 없다는 것이었습니다. 대기자가 얼마나 되냐고 물었더니 많다고만 했습니다.

잠시 후 바뀐 카운터에 가서 과연 11시 35분 비행기를 탈 수 있 겠느냐고 묻자, 불가능하다는 답변이 돌아왔습니다. 이때 시각이 10시, 4시 50분까지는 무려 7시간을 공항에서 꼼짝없이 기다려야 했습니다. 정말 예상하지 못한 일이 발생한 것입니다. 오후로 예정 된 시스코cisco 방문도 불가능하게 되었습니다. 이때 신사분이 자 신은 차를 빌려 샌프란시스코까지 갈 계획이라면서 같이 가지 않 겠느냐고 제의를 했습니다. 얼마나 걸리냐고 물었더니 7~8시간 정 도 걸린다고 했습니다.

저는 순간 멈칫했습니다. 7시간을 공항에서 기다릴 것인지, 아 니면 처음 만난 낯선 사람과 낯선 여행을 할 것인지 갈등이 되었 습니다. 7시간을 공항에서 기다리면 짜증도 나고 답답할 텐데 차 라리 그 시간 동안 운전을 하면서 경치 좋기로 소문난 미국 서부 1번 국도를 달려보는 것도 나쁘지 않겠다고 생각했습니다. 어차 피 인생이 계획대로 되는 게 아니라면 과감하게 도전하는 길을 선 택하자고 결심했습니다.

피할 수 없으면 즐기라는 말도 있듯이 제 시간에 샌프란시스코 에 도착하는 게 틀어져버렸다면 이 상황을 화낼 일이 아니라 즐겨 야겠다고 다짐했습니다. 이렇게 해서 저는 처음 만난 사람과 장거 리 자동차 여행을 하게 되었습니다.

일이 이렇게 된 이상 통성명을 하는 건 기본 예의이지요. 그분은 대학교 때 유학을 와서 미국에서 계속 살고 있는 ING 생명보험 아시안 마켓 담당 부사장이었습니다. 우리는 태평양을 왼쪽에 두고 북으로의 자동차 여행을 시작했습니다. 경치가 너무 아름다워서 스스로에게 탁월한 결정을 했다며 칭찬을 할 정도였습니다. 미국 대학 중 캠퍼스가 가장 아름답다는 페퍼다인 대학교도 지나고 영화배우들이 많이 산다는 말리부 해변의 고급 주택가도 지나쳤습니다. 햇살은 태평양 파도에 부서져 은빛 물결로 일렁이고 있었습니다. 리조트가 많이 들어서 있는 피스모비치의 돌핀베이 리조트 내에 있는 리도 식당에서 늦은 점심을 먹었습니다. 피스모비치까지는 태평양 해안을 따라 1번 국도로 달렸고, 이곳을 지나면서부터는 해변을 볼 수 없는 101번 고속도로를 따라 북향했습니다.

처음 만난 분과의 대화는 생각보다 즐거웠습니다. 보험회사에 취직해서 30년을 지낸 이야기, 네덜란드계 회사 ING 생명보험의 임원으로 지내면서 겪는 애환, 소방관이 되었다가 부상을 입고 퇴사한 아들 이야기, 로스쿨을 졸업하고 변호사가 된 딸 이야기 등 그분이 들려준 이야기는 한국 기업 임원들이 가진 고민과 별반 다르지 않았습니다.

이야기가 기업 경영 쪽으로 흘러 저의 행복경영 이야기도 하게 되었습니다. 그러면서 직원들에게 화를 내지 않으려고 노력한다고 했더니, 그분은 미국에서는 임원들이 직원들에게 함부로 말하는 것은 상상할 수도 없는 일이라고 했습니다. 한번은 한국인 2세 여

직원이 며칠째 점심으로 김치찌개를 싸가지고 와서 전자레인지에 데워 먹기에 김치찌개는 냄새가 심하니 싸오지 말라고 말했답니다. 그런데 며칠 후 본사 인사부서에서 감사가 나와 그 사실을 문제 삼더라는 것입니다. 결국 해명은 되었지만 그 후로는 정말 말조심을 하게 되었답니다.

고속도로이긴 하지만 한국의 고속도로와는 달리 가드레일 없이 넓은 평지를 달리다보니 피곤한 줄을 몰랐습니다. 교대로 운전을 하며 이야기에 빠지다보니 어느덧 샌프란시스코에 접어들었습니다. 검사들이 기다리고 있는 식당에 도착한 것은 7시 반. 8시간 반 만에 샌프란시스코에 도착한 것입니다. 우연히 낯선 여행길을 동행한 그분과는 아쉬운 이별을 고했습니다. 기분이 묘하더군요.

인생이 이렇게도 전개될 수 있구나 하는 생각이 들었습니다. 아침에 공항에 도착할 때만 해도 전혀 상상하지 못했던 특별한 여행을 한 것입니다. 만약 도전 정신이 없었다면 결코 선택하지 못했을 카드였습니다. 그러나 저의 선택은 기다렸다가 비행기를 타는 것과는 비교할 수 없을 정도의 큰 만족감을 주었습니다.

앞으로 살게 될 나의 인생에서도 전혀 예상하지 못한 상황들이 수없이 벌어질 것입니다. 그때 저는 또 두 개의 카드 중 어느 하나를 골라야 하는 상황에 처하겠지요. 이 특별한 경험이 저에게 좀더 도전적인 선택을 하도록 힘을 줄 것입니다. 그 선택이 항상 최선은 아닐지라도 저는 즐길 것입니다. 제가 즐기면 그 선택은 최선의 것이 될 수 있으니까요.

우리 앞에는 늘 두 갈래 길이 기다리고 있습니다.

하나는 늘 다니던 익숙한 길, 또 하나는 처음 만나는 생소한 길.

그 선택을 즐길 수만 있다면 어느 길을 선택하든 관계없습니다.

진정 사랑한 이와의 이별은
쉽지 않습니다

어제 저녁 부엌에서 일하던 아내가 저를 불렀습니다. 아무리 해봐도 냉동실 문이 닫히지 않는다는 것이었습니다. 평소에 안 해보던 일이긴 하지만 딱히 저 말고 달리 할 사람도 없어서 냉동실 문을 이리저리 살펴봤습니다. 냉동실 서랍이 약간 튀어 나와서 잘 닫히지 않는다는 것을 발견하는 데까지 10분이 걸렸습니다.

원인을 알았으니 해결은 무척 쉬워보였습니다. 각각의 서랍을 빼내고 보니 성에가 너무 심하게 끼어 있는 게 문제였습니다. 그런데 성에가 어찌나 두껍게 끼어 있는지 손으로는 해결이 불가능했습니다.

저는 늘 하던 사람처럼 익숙하게 연장함에서 망치와 드라이버를 꺼내 들고 성에를 깨기 시작했습니다. 처음에는 살살 깨다가 탄력이 붙어 드라이버를 성에에 대고 망치로 깊게 홈을 파서 성에 덩어리를 떼어내기 시작했습니다. 평소에 전혀 해보지 않은 일이었지만 집안일에 약간의 재미도 느껴졌습니다.

서서히 일을 즐기기 시작할 무렵 갑자기 망치로 두드린 드라이버가 무엇엔가 닿는 소리가 들리더니 가스 새는 소리가 나기 시작했습니다. 순간 당황해서 하던 일을 멈추고 살펴보니 드라이버로 파이프에 구멍을 낸 모양이었습니다.

어설픈 사람이 열 내고 일을 하다가 사고를 치고 만 것입니다. 상식을 동원해 생각해보니 아무래도 액화가스가 새고 있는 것 같았습니다. 놀란 가족들이 모두 모여들었고, 딸아이가 인터넷 검색을 해 바로 해답을 찾아냈습니다.

인터넷에서 찾은 답변은 이랬습니다. "전직 전자기기 수리 기술자입니다. 냉장고 성에 제거 시 남자 분들이 드라이버 등으로 제거하시다가 질문하신 분 같은 사고를 정말 많이 칩니다. 결론부터 말씀드리면 새것으로 교체해야 합니다. 수리가 가능하지만 배보다 배꼽이 더 크고, 추후 재불량 가능성이 매우 높으니 냉장고를 폐기하시는 게 좋습니다."

정말 제대로 사고를 치고 말았습니다. 그래도 아내가 위로를 해줍니다. "10년 전 이사 올 때 빌트인 되어 있던 냉장고라서 자주 성에가 끼어 바꿀까 생각하던 참이었는데 잘되었네요." 아내의 위로에도 불구하고 스스로 생각하니 한심했습니다. 평소 안 하던 집안일을 하다가 냉장고를 폐기처분하는 대형 사고를 친 것입니다.

28년을 검사로 지내면서 늘 익숙한 일만 하고 살아 아무런 불편이 없었는데, 별 것도 아닌 냉동실 성에 제거 작업 하나 제대로 하지 못해 실수를 하고나니 순간 착잡한 심정이 들었습니다. 앞으로 검찰을 떠나 시작하게 되는 새로운 인생에 얼마나 많은 실수를 하고 사고를 치게 될지 걱정이 앞섰습니다.

다들 걱정할 것 없다고들 하지만 익숙한 일과 헤어져야 하는 두려움은 새로운 일을 하게 되는 설렘보다 더 큰 것 같습니다.

혹시 《익숙함과의 결별》이라는 베스트셀러 작가 구본형 씨를 아시는지요. IBM에서 한창 잘 나가던 그는 '지금까지 무엇을 해놓았는가'라는 상실감에 휩싸여 한 달간 고민한 끝에 행동 지침을 정리합니다. 첫째는 '좋아하는 일을 찾겠다'였습니다. 좋아하는 일이 진짜 열정을 불러일으키리라 생각했고, 직장 업무를 발전시켜 '변화 연구 전문가'가 되겠다고 마음먹었습니다. 둘째는 '내가 잘하는 걸 해야겠다'는 결심입니다. 생각한 것을 글로 쓰는 것, 그것이 그가 잘하는 일이었습니다. 나머지는 '좋아하는 일과 잘하는 깃을 이떻게 생업과 연결할 것인가' 그리고 '변화 경영 전문가라고 스스로 이름 붙인 자신의 프로젝트를 끝까지 밀고 나가는 것'이었습니다. 이런 과정을 거쳐 1998년 그는 마흔네 살의 나이에 《익숙한 것과의 결별》이라는 베스트셀러를 선보이며 독립합니다.

저도 이제 익숙한 것과 결별할 시간을 얼마 남겨두지 않았습니다. 저에게도 구본형 씨의 변화 과정이 필요한 것 같습니다. 저의 행동 지침은 무엇이 될까요. 평소 월요편지를 통해 이런 일에 익숙하도록 이런저런 생각을 하고 이를 다짐하기 위해 글로 옮기기도 했지만 쉽지 않은 것 같습니다.

익숙한 것과의 이별이기도 하지만 사랑하는 것과의 이별이기도 해서 더욱 그런 모양입니다. 학창시절을 제외한 저의 모든 인생을 함께한 검찰과의 사랑은 모질기만 합니다. 하지만 그 사랑이 모질어 이별이 처절해지더라도 후회하지 않을 것입니다. 진정 사랑한 이와의 이별은 늘 그런 것이니까요. 남은 기간 동안 매일매일 이별 연습을 하렵니다. 이별이 조금이라도 더 쉬워지도록 말입니다.

PART 3

칭찬, 영혼 깊이
전해지는 따스한 울림

작은 배역은 없습니다,
작은 배우가 있을 뿐입니다

혹시 김윤진이라는 여배우를 아시나요? 〈쉬리〉를 비롯한 많은 국내 영화에 출연해 한창 주가를 높이던 2003년, 그녀는 돌연 미국행을 결심했습니다. 그때 나이 서른. 오디션에 통과한 그녀는 미국 ABC방송과 드라마 〈로스트〉의 출연 계약을 맺었습니다. 그러나 기쁨도 잠시, 대본을 받아든 그녀는 자신이 맡은 배역이 너무 초라하다는 사실에 실망을 금치 못했습니다. 한국 팬들이 손가락질 하지는 않을까, 그럴 거면 한국에 있지 왜 미국엔 갔냐고 비난하지는 않을까 싶었습니다.

로스트 촬영을 앞둔 어느 날, 그녀는 자신보다 먼저 할리우드에 진출한 배우 박중훈에게 전화를 걸어 착잡한 심경을 토로했습니다. 그때 그녀는 그로부터 뜻밖의 조언을 들었습니다. "윤진아,

작은 배역은 없어. 작은 배우가 있을 뿐이야.” 그 한마디에 그녀는 지금껏 어리석은 생각에 빠져 있던 자신을 돌아보고 놀랐습니다. 이제 배역 하나를 맡고 시작했을 뿐인데 자신까지 하찮은 사람으로 치부해버린 것이었습니다. “나 스스로 작은 배우가 되었구나.”

그 이후 김윤진은 스스로 ‘연습이 피부에 스며들 정도’로 지독한 연습 벌레가 되어 애초 단역에 불과하던 자신의 배역을 주목받는 역할로 끌어올렸고, 〈로스트 시즌 5〉에까지 계속해서 출연했습니다.

그렇습니다. 우리가 맡은 각각의 배역은 다르지만 어느 것 하나 소중하지 않은 것은 없습니다. 그것을 큰 배역으로 만드느냐 작은 배역으로 만드느냐는 배우에게 달려 있습니다. 그 배역을 작은 배역으로 만드는 것은 스스로 작은 배우이기 때문입니다. 〈007 시리즈〉의 주인공을 맡았던 숀 코넬리는 노년에 여러 작품에 잠깐씩 출연했습니다. 그가 맡은 배역은 비록 단역이었지만 그는 여전히 대배우였고 그로 인해 그의 배역도 빛이 났습니다.

검찰에도 여러 보직이 있습니다. 그 자리를 큰 배역으로 만드는 것은 자신에게 달려 있습니다. 검사장만 중요한 역할이 아닙니다. 주임 한 사람이 맡고 있는 자리도 중요한 배역입니다. 문제는 맡은 사람이 그 자리를 얼마나 열심히 소화해 연기하느냐에 따라 그 배역이 중요해지기도, 돋보이기도 한다는 것입니다.

저는 농담 삼아 이런 질문을 자주합니다. 조선왕조 500년 역사 속에서 우리가 기억하는 형조판서가 있느냐고 말입니다. 형조판서가 누구입니까? 요즘으로 치면 법무부 장관입니다. 그러나 막상 질문을 던지면 뚜렷하게 떠오르는 형조판서가 없습니다. 즉, 조선 왕조 500년 역사 속에서 법무부 장관 격인 형조판서는 중요한 배역이었을지는 몰라도 대배우는 없었던 모양입니다.

오히려 글씨를 잘 쓴 한석봉이 역사에 남아 있습니다. 배역이 문제가 아니라 그 배역을 맡아 일하는 사람이 문제인 것입니다. 여러분 모두 어느 배역을 맡느냐에 관계없이 멋진 연기를 하시기 바랍니다.

바다거북은 바닷속에서 생활하지만 알을 낳을 때는 육지로 올라오는 습성이 있습니다. 해변이 어둠에 묻힐 때쯤 어미 거북은 모래 구덩이를 만들고 500개에서 1000개의 알을 낳습니다. 그러고는 구덩이를 모래로 덮은 뒤 바다로 돌아갑니다. 그렇다면 부화한 수백 마리의 새끼 거북이들은 그 작은 몸으로 어떻게 깊은 모래 구덩이를 탈출해서 바다로 갈까요?

학자들이 관찰한 결과 놀라운 사실을 발견했습니다. 새끼 거북이들은 조직적으로 서로 도우면서 구덩이를 빠져나왔습니다. 알에서 먼저 깨어난 새끼들 중 꼭대기에 있는 녀석은 천장을 파고, 가운데 있는 녀석들은 벽을 허물고, 밑에 있는 녀석들은 떨어지는 모래를 밟아 다지면서 구덩이 밖으로 기어 나오는 것이었습니다.

학자들은 협력에 따른 탈출 성공률을 확인하고자 구덩이에 알을 개수별로 놓아봤습니다. 한 개씩 묻어놓았을 때 27퍼센트, 두 개씩 묻어놓았을 때 84퍼센트, 네 개 이상 묻어놓았을 때 100퍼센트에 가까운 성공률을 보였습니다. 구덩이 속에서 자신만 살기 위해 서로를 끌어내렸다면 새끼 거북이들은 아마 벽을 허물지 못했을 것입니다.

조직도 마찬가지입니다. 각자 자신이 맡은 배역을 멋지게 소화해야 하지만 동시에 서로 협력해야 합니다. 새끼 거북들이 보여주는 놀라운 협력처럼 서로를 도울 때 비로소 우리가 맡은 임무를 완수할 수 있을 것입니다.

우리는 어떤 지위나 직급에 도달하기 위해
일생을 바칩니다.
그러나 대배우는 지위나 직급에서 나오는 것이 아니라
그 직위나 직급으로 펼치는 연기에서 나옵니다.

어떻게 하면 상대방이
내게 호감을 느낄까요?

주말에 서울에 다녀왔습니다. 그런데 집에 가보니 때 이른 크리스마스카드가 책상에 놓여 있었습니다. 집사람 후배가 보내온 것이라고 했습니다. 퍽이나 특이하게 생긴 카드였습니다. 크리스마스는 아직도 한 달이나 남았는데 카드라니! 그런데 순간 이런 생각이 들었습니다. 크리스마스 한 달 전에 보내는 카드, 상대방에게 얼마나 강한 인상을 남길까? 크리스마스카드와 연하장은 대부분 12월 말에 집중되지요. 그러나 그때는 너무 많은 카드와 연하장이 날아들어 솔직히 자세히 읽어보거나 그 사람을 떠올릴 만한 시간적 여유가 없습니다. 그런데 11월 말 비교적 한가한 시기에 카드를 보내면 효과 만점이라는 생각이 들었습니다.

저도 이 아이디어에 따라 11월 말 가까운 분들에게 직접 연하장을 써볼 생각입니다. 요즘은 간편하게 이메일을 많이 보내지요. 그런데 어떤 게 더 효과적일까요? 저는 단연 직접 필기구로 내용을 작성한 연하장이 효과가 있다고 생각합니다. 제가 아는 어느 분은 1년에 수백 장의 연하장을 자기 손으로 직접 쓴다고 합니다. 인쇄한 연하장은 안 보내는 것보다야 낫겠지만 상대방에게 아무런 감동을 주지 못한다는 게 그분의 생각입니다. 그분은 연하장을 지위가 높은 분들에게만 보내는 게 아니라 자신이 자주 다니는 식당의 아주머니, 목욕탕의 세신사에게까지 보낸다고 합니다. 연하장을 받아보는 제가 생각해도 그런 것 같습니다.

이 행위도 사실은 상대방의 호감을 얻기 위해서 하는 일이지요. 그래서 오늘은 상대방의 호감을 얻으려면 어떻게 해야 하는지 심리학이 가르쳐주는 세 가지를 소개하겠습니다.

18세기의 미국 정치인이었던 벤저민 프랭클린은 펜실베이니아 주 의회에서 어느 의원의 협조를 받아야 할 일이 있었답니다. 냉담한 그 의원의 호감을 사기란 쉽지 않은 일이었습니다. 그는 의원에게 머리를 숙이고 간청하는 대신에 완전히 다른 행동을 보였습니다. 프랭클린은 그 의원이 아주 희귀한 책을 소장하고 있다는 사실을 알고는 그 책을 이틀만 빌려줄 수 있느냐고 부탁했습니다. 그 의원은 책을 빌려주었습니다.

다음 주 주 의회 의사당에서 프랭클린을 만난 그 의원은 친하게 말을 걸어왔고 그 후에는 놀랍게도 어떤 일이든 협조를 해주려고 노력했습니다. 프랭클린은 이 효과를 이렇게 설명했습니다. "내게 친절을 베풀어준 사람은 내가 친절을 베풀어준 사람보다도 더 기꺼이 또 다른 친절을 베풀려고 한다.”

여러분, 누군가와 친해지려면 그에게 부탁을 해보세요. 물론 상대가 들어줄 수 있는 작은 부탁이어야겠지요.

여러분은 혹시 ‘뒷담화’를 즐기시나요? 상대방과 이야기를 하면서 제3자에 관한 이야기를 하는 것 말입니다. 우리나라 사람들이 특히 남의 말 하기를 참 좋아하지요. 그런데 상대방과 남의 이야기를 하면 서로 공감대가 형성되어 친해질 것 같지만, 이곳에도 놀라운 심리학이 숨어 있답니다.

오하이오 대학의 연구팀은 실험 참여자들에게 배우들이 친구나 친지에 대해 험담하는 장면이 나오는 비디오테이프를 보여주었습니다. 예를 들면 “그 친구는 동물들을 아주 싫어해. 오늘 거리에서 강아지를 보더니 비키라고 발로 걷어차지 뭐야!” 같은 내용이었습니다. 그리고 실험 참여자에게 뒷담화를 한 배우의 성격을 평가해달라고 했습니다. 놀랍게도 그들은 짧은 비디오만 보고 그 배우를 부정적으로 평가했습니다.

심리학에서는 이를 ‘자발적 기질 전이’라고 부른답니다. 뒷담화를 하는 순간, 이를 듣는 사람은 무의식적으로 화자가 묘사하는 상대의 특성을 화자와 연관 짓기 때문에 그 특성이 화자에게 전이된다는 것입니다. 따라서 친구나 동료에 대해 이야기할 때 좋은 측면을 이야기하면 사람들은 여러분을 좋은 사람으로 여기고, 반대로 나쁜 점만 이야기하면 사람들은 무의식적으로 여러분을 나쁜 사람으로 여기게 된다는 것입니다.

저는 이 이론을 읽고 제가 그동안 뒷담화를 하면서 다른 사람들에 대해 얼마나 많이 나쁜 면을 이야기했는지 돌아봤습니다. 셀 수 없이 많았습니다. 그것이 저에 대한 부정적인 평가로 이어졌을 것을 생각하니 소름이 끼쳤습니다. 그러고는 결심했습니다. 어떤 경우에도 뒷담화에서 다른 사람의 나쁜 점을 이야기하지 말아야겠다고 말입니다. 여러분은 어떠신가요. 사실 이렇게 살면 재미는 좀 없을 것 같습니다. 속된 말로 남을 씹는 게 재미는 있거든요. 그러나 재미 삼아 하기에는 그 결과가 너무 부정적입니다.

끝으로 흉내 내기 효과에 대해 말씀드리겠습니다. 네덜란드 네이메헨 대학의 연구팀이 실험한 연구입니다. 연구팀은 레스토랑에 가서 여종업원에게 손님이 오면 테이블로 안내한 뒤 다음 두 가지 방식 중 하나로 주문을 받게 했습니다. 첫째는 공손하게 손님의 주문에 귀 기울이면서 "알겠습니다"라고 답변하라고 했고, 두 번째는 손님이 말한 주문을 그대로 반복해서 말하도록 했습니다. 손님들은 어느 쪽에게 팁을 더 많이 주었을까요? 자신의 말을 반복하는 것을 들은 손님 쪽이 다른 쪽보다 70퍼센트나 더 많은 팁을 주었습니다.

그 팀이 연구한 추가 연구에서 사람은 자신을 흉내 내는 사람에게 호감을 느끼는 것으로 밝혀졌습니다. 상대가 몸을 숙이면 따라서 몸을 숙이고, 다리를 꼬면 같이 다리를 꼬고, 상대방이 손동작을 하면 그것을 따라하라는 것입니다. 단 상대방이 눈치 채지 못할 정도로 적당하게 해야겠지요. 그러면 상대방이 여러분에게 호감을 느끼게 된다는군요. 어떻습니까. 당장 해보고 싶은 마음이 생기시나요? 특히 청춘남녀라면 자신이 유혹하고 싶은 상대에게 써볼 만하지 않을까 싶군요.

상대가 여러분에게 호감을 느낄 방법 세 가지를 소개해드렸습니다. 이 세 가지는 리처드 와이즈먼이 쓴 베스트셀러 《59초》라는 책에 나오는 이야기입니다. 저는 이 책이 너무 재미있어서 서울로 가는 기차 안에서 단숨에 읽어버렸습니다.

결국 상대가 호감을 느끼는 사람이란
아무런 조건 없이 타인에게 호의를 베풀어
감동을 주는 사람입니다.
그러나 대부분의 사람은 호의를 베푸는 순간에도 계산을 하지요.

여러분은 걱정이 있고 화가 날 때 어떻게 하시나요?

여러분은 걱정거리가 있으면 어떻게 하시나요? 걱정이 있으면 마음이 불안하고 머릿속이 복잡하며 맛있는 것을 앞에 두고도 먹고 싶은 생각이 들지 않지요. 저는 그럴 때면 백지를 꺼내놓고 하나하나 걱정거리를 적어봅니다. 그렇게 적어내려 가다 보면 어느새 걱정이 줄어들거나 별것 아닌 게 되어버리곤 하지요. 걱정을 내려놓을 수 있는 또 다른 방법이 하나 있습니다.

혹시 '걱정나무'라는 말을 들어보셨나요?

어느 날 정원사가 사업가 집에 일을 하러 갔습니다. 그런데 그날따라 일이 너무 꼬여버렸습니다. 트럭의 타이어가 펑크나 늦게 도착했고 가지치기에 필요한 전지가위도 가지고 오지 않아 애를 먹었습니다. 급기야는 집에 돌아가려는데 트럭의 시동이 걸리지 않는 것이었습니다. 사업가는 자신이 집까지 태워다주겠다고 했습니다. 집에 도착한 정원사는 너무 고마워 사업가에게 차 한잔 하고 갈 것을 권했습니다. 두 사람은 차에서 내렸습니다. 그런데 현관 앞에 이르자 정원사는 한동안 큰 나무 한 그루를 끌어안고 있다가 집으로 들어서는 것이었습니다. 그리고는 마치 아무 일도 없었다는 듯이 환한 미소를 지으며 아내와 아이들을 껴안았습니다. 사업가는 궁금해서 물어보았습니다. "오늘 일진이 참 사나웠는데도 어떻게 그렇게 태연하게 가족들을 대할 수 있지요? 혹시 당신이 집에 들어서기 전에 한 행동과 관련이 있습니까?" 정원사는 대답했습니다. "저는 집에 들어오기 전에 항상 나무를 껴안고 저의 짜증과 걱정을 모두 맡겨놓고 들어옵니다. 그런데 신기하게도 그 다음 날 나무에게 맡긴 짜증과 걱정을 찾으러 가보면 모두 어디론가 사라져버리고 없더라구요."

여러분도 걱정나무 한 그루 키우시면 어떨까요.

이번에는 '화'에 대해 이야기해보겠습니다. 여러분은 화가 나면 어떻게 하시나요? 바로 폭발해 버리는 분도 있고, 꾹 참는 분도 있을 겁니다. 저도 행복경영을 시작하기 전에는 바로 폭발해버리는 쪽이었지요. 그러나 그렇게 하고 나면 반드시 수습을 해야 합니다. 화를 낸 상대방에게 "사실 당신이 미워서 화를 낸 게 아니다. 내 속마음은 그렇지 않다" 등의 사과를 해야 하는 것이지요. 그러나 지금은 어떤 경우에도 화를 내지 않으려고 노력합니다.

저에게도 위기가 있었습니다. 얼마 전 대전지검 청사 이전 10주년 행사 준비 때 있었던 일입니다. 총장님을 모시기로 한 행사였고 그 행사의 하이라이트는 대전검찰 10년간의 역사를 담은 동영상이 있었습니다. 그런데 행사 2일전까지도 동영상이 준비되지 않았습니다. 외부업체에 맡겼는데 실력이 부족해서 우리가 의도한 동영상을 만들지 못하고 만 것입니다. 저는 이 사실을 알고 화를 내야 하나 고민했습니다. 당연히 불같이 화를 내도 아무도 뭐라고 할 수 없는 상황이었습니다. 일이 이 지경이 된 데는 담당 검사의 책임이 크지만 사실 그도 일을 어떻게 해야 할지 잘 몰라 그냥 외부업체에게 맡긴 바람에 벌어진 사고였습니다. 저는 결심했습니다. 화를 내기보다는 전전긍긍하는 그들과 함께 직접 동영상을 만들어보기로 말입니다. 밤을 새워 검사장인 제가 동영상 대본을 쓰고 사진도 골랐습니다. 그렇게 하자 담당자들도 하나씩 일을 헤쳐 나갔고 결국 시간 내에 동영상을 만들어 행사를 잘 치를 수 있었습니다. 화를 참았기에 가능한 일이었습니다. 아마도 화를 참지 못했다면 제시간까지 영상을 만들지도 못했을 테고, 만들었다 하더라도 그 과정에 참여한 모든 사람들의 마음이 불편하기 짝이 없었을 것입니다.

자기계발 연구가인 데일 카네기에게 이런 일화가 있습니다. 라디오 방송에 출연해 역대 미국 대통령에 대해 이야기를 하던 그는 링컨의 장단점을 지적했습니다. 그런데 링컨을 존경한다는 어떤 여성이 카네기의 의견이 틀렸다며 그를 비난하는 편지를 보내왔습니다. 카네기는 모욕을 당했다고 생각한 나머지 그 자리에서 똑같은 어투로 그녀에게 비난과 경멸의 편지를 썼습니다. 편지를 다 썼을 때는 이미 늦은 시간이었습니다. 비서도 없고 해서 다음날 부치기로 하고 카네기는 책상 위에 편지를 올려놓고 퇴근했습니다. 다음날 출근해 그 편지를 다시 읽어본 카네기는 부끄러운 생각이 들었습니다. "어제는 내가 너무 흥분한 것 같아. 아무리 화가 나는 일도 하루가 지나면 별 것 아닌 것을……." 그는 책상에 앉아 그녀에게 충고에 감사한다는 내용의 편지를 썼습니다.

걱정이나 화나 모두 하루가 지나고 나면
대부분 별 것 아닌 게 되고 맙니다.
우리가 순간을 참지 못하는 것뿐이지요.

사나운 상사와
친절한 상사

며칠 전 어느 신문에 이런 기사가 실렸습니다.

직장 상사가 업무에 관해 화를 내며 나무라면 결과적으로 부하 직원들의 생산성과 창의성이 높아진다는 연구결과가 나왔다. 네덜란드 암스테르담 대학의 사회심리학 연구팀은 63명의 심리학과 대학생을 대상으로 상사의 질책 등 외부 자극의 높낮이에 따른 업무 수행 결과를 조사했다.

연구팀은 이를 측정하기 위해 학생들에게 8분 동안 감자 사용법에 관한 아이디어를 가능한 한 많이 제출하도록 했다. 8분이 지나고 학생들은 각자 자신이 낸 아이디어에 대한 평가를 들었다. 학생들에게는 즉석에서 자유롭게 평가하는 것이라고 알렸지만, 실제로는 정해진 원고를 읽는 것이었다. 평가는 화난 듯한 어조와 중립적인 어조의 두 가지가 준비되었다. 평가를 들은 학생들에게는 다시 벽돌 사용법에 관한 아이디어를 내도록 했다. 시간 제한을 두었던 것과 달리 이번에는 더 이상 아이디어가 없을 때 그만두도록 했다.

실험 결과, 화가 난 평가자의 질책을 받은 학생들이 감정을 자제한 평가자의 지적을 받은 학생들보다 더 많은 아이디어를 냈다. 창의성과 융통성이 높았으며 더 적극성을 띤 것으로 나타났다. 이 연구는 모든 경우에 적용할 수는 없지만 긴장이 풀린 직장에서 화는 더 열심히 일할 필요가 있도록 일깨워주는 효과가 있을 수 있다고 결론지었다.

여러분은 동의하십니까? 저는 선뜻 동의하기 어려운 면이 있는 것 같습니다. 이 연구결과대로 제한된 공간에서 일시적인 실험으로는 화를 내는 것이 창의성 발현에 도움이 될지는 몰라도, 상사와 부하가 지속적인 관계를 유지하는 직장생활에도 그대로 적용될 수 있을지는 의문입니다.

이와 정반대인 사례 하나를 이야기해보겠습니다. '메리케이화장품'의 창업자 메리 케이 애시가 쓴 《열정은 기적을 낳는다》라는 책에 나오는 이야기입니다.

초보 판매자가 어떤 실수를 하더라도 현명한 매니저라면 직접적인 비난을 피해야 한다. 비판을 좋아하는 사람은 아무도 없다. 한 여자가 100달러짜리 옷을 사서 처음으로 입었는데 누군가가 "맙소사, 어디서 그런 형편없는 옷을 샀어요?"라고 물었다고 생각해보라. 그녀는 그 옷을 다시는 입지 않을 것이다. 비판을 꼭 해야 하는 경우라면 칭찬과 함께 하는 게 좋다. 그래야만 그 비판을 기분 좋게 받아들일 수 있고 곧 실행에 옮길 수 있다.

직원들을 야단치지 않는 것을 저의 경영철학의 일부로 삼고 있다고 CEO분들에게 이야기하면, 그렇게 해서 조직이 돌아 가느냐고 반문하는 분도 있고, 사기업도 아닌 검찰에서 그럴 수 있느냐고 의아해하시는 분도 있습니다. 야단을 쳐야만 조직이 돌아간다는 믿음은 어떻게 해서 생긴 것일까요. 혹시 상사들이 스트레스를 푸는 방안의 하나로 화를 내는 것은 아닐까요. 아니면 자신이 그 주제에 대해 정확한 해답을 가지고 있지 못해 답답한 심경에서 부하에게 화풀이를 하는 것은 아닐까요.

그런데 아래 기사가 저의 주장을 뒷받침해주었습니다.

세계 금융위기가 터지자 월스트리트의 CEO들은 내부적으로 그런 문제가 있는지 몰랐다고 털어놓았습니다. 이에 대해 컬럼비아 대학교의 빌 베이커 교수는 이런 분석을 했습니다.

사나운 상사 밑에서 일하는 직원의 58퍼센트는 그 상사에게 회사의 문제를 솔직하게 말하지 못하는 반면, 친절한 상사 밑에서 일하는 직원은 19퍼센트만이 상사에게 회사의 문제를 솔직하게 말하는

데 부담을 느끼고 있다.

매일 야단치는 상사, 못한 것만 꼭 집어 말하는 상사, 말을 함부로 하는 상사에게는 주눅이 들어 사실을 사실대로 말하지 못한다. 사나운 상사 아래에서는 64퍼센트가 자기가 무슨 말을 해도 상사가 듣지 않는다고 생각하는 반면, 친절한 상사 밑에서 일하는 직원들은 7퍼센트만이 상사가 자신들의 말을 들어주지 않는다고 생각한다.

즉, 친절한 상사가 있는 회사가 장기적으로는 좋은 성과를 낸다는 게 빌 베이커 교수의 주장입니다. 여러분은 친절한 상사와 사나운 상사, 어느 쪽이신가요?

아름다운 소녀를
만났습니다

한 시인을 만났습니다. 아름다운 그녀를 만나기 위해 저는 소개하는 분에게 조심스럽게 부탁 말씀을 드렸습니다. 아무런 이유 없이 그저 좋아해서 만나 뵙고 싶다구요. 드디어 약속의 날이 다가왔습니다. 저는 첫 데이트라도 하는 양 가슴이 뛰었습니다. 과연 무슨 말로 시작을 할까, 그녀가 저를 좋아할까, 혹시나 말이 끊겨 서먹서먹한 순간이 생기면 어쩌나, 별별 생각을 다하며 기다렸습니다.

나이에 비해 첫인상이 훨씬 더 젊어 보이는 그녀는 검사는 처음 만난다고 했습니다. 저는 그녀에게 어쩌면 그렇게 꼭 맞는 시어를 골라내는지, 한 편을 읽어도 가슴이 따뜻해지는 그런 시를 어찌 그리도 잘 쓰는지 물었습니다. 어린 시절부터 가족들 모두가 글을 잘 써서 자연스럽게 글을 쓰게 되었다고 했지만 그녀의 사람을 향한,

절대자를 향한 사모의 마음이 그녀에게 그런 능력을 허락한 듯했습니다.

그녀는 재작년 암 수술을 받았다고 했습니다. 그러나 그녀의 밝고 환한 모습에서 그런 기색은 찾아볼 수 없었습니다. 사람들에게 아프다고 해도 잘 믿지 않는다며 웃는 그녀의 모습이 마치 소녀 같았습니다. 생각이며, 말이며, 목소리까지 진정 소녀였습니다. 세월이 흘러도 곱디고운 모습으로만 남을 것 같습니다.

요즘도 시를 쓰시느냐는 질문에, 그동안 써둔 시를 모아 내년 초 다음 시집을 출간할 거라고 했습니다. 저는 그녀에게 특강을 부탁했습니다. 부산 고·지검 전 직원들에게 아름다운 시의 세계를 소개해주기를 청했습니다. 특히 여검사와 여직원들 중에 그녀의 팬들이 많아 아름다운 만남이 될 거라고 덧붙였습니다. 물론 남자들이 더 좋아할지도 모른다는 말도 잊지 않았지요.

음식이 들어오자 그녀는 식사를 하기 전에 시 한 편을 낭송하면 어떻겠냐고 했습니다. 인터넷에서 우연히 아름다운 시를 봤는데 알고 보니 자신이 쓴 시더라며, 다른 사람들도 외우는 시라 자신도 외워봤는데 외우다가 막히면 어쩌느냐고 농담까지 했습니다. 그녀가 10대 소녀의 목소리로 낭송한 시는 〈익어가는 가을〉입니다.

꽃이 진 자리마다
열매가 익어가네
가을이 깊을수록

우리도 익어가네

익어가는 날들은

행복하여라

말이 필요 없는

고요한 기도

가을에

너도 나도 익어서

사랑이 되네

식사 전에 기도는 해봤지만 시를 듣기는 처음이었습니다. 영혼
이 풍성해지는 느낌이었습니다. 깊어가는 가을에 절묘하게 들어맞
는 시를 선택해주었습니다.

대화가 무르익자 만나기 전의 긴장감은 어디론가 사라지고 웃음
꽃이 온 방을 가득 채워 사랑의 향기가 진동했습니다. 그녀는 "왠
지 오래전부터 알고 있던 사람을 만난 것 같다"고 했습니다. 저도
"같은 느낌이라며 그렇게 생각하고 자주 만나 뵈었으면 좋겠다"고
화답했습니다.

그녀는 자신의 시집 《희망은 깨어 있네》에 사인을 해 제게 선물
로 주었습니다. 색색의 연필로 장식을 하고 별, 꽃, 나비 스티커를
붙인 그녀의 사인은 사춘기 소녀의 감성 바로 그것이었습니다. 저
도 준비한 목도리와 장갑을 건네드렸습니다. 이 추운 겨울 따뜻하
게 지내기를 바라는 마음을 담아서 말입니다.

　그녀가 음식을 맛있게 먹는 동안 그녀가 준 시집을 살짝 펼쳐봤습니다. 마침 시집 제목으로 쓴 〈희망은 깨어 있네〉라는 시가 눈에 들어와 얼른 읽어봤습니다.

나는

늘 작아서

힘이 없는데

믿음이 부족해서

두려운데

그래도 괜찮다고

당신은 내게 말하는군요

살아 있는 것 자체가 희망이고

옆에 있는 사람들이

다 희망이라고

내게 다시 말해주는

나의 작은 희망인 당신

고맙습니다

그래서

오늘도

나는 숨을 쉽니다

힘든 일이 있어도

노래를 부릅니다

자면서도

깨어 있습니다

어떻게 이 짧은 시로 우리에게 이처럼 큰 용기를 줄 수 있을까요. 그녀의 오묘한 능력에 절로 감탄하게 됩니다. 시간이 얼마나 지났는지 모릅니다. 오래도록 더 있고 싶고 붙잡고 싶지만, 그녀의 건강을 생각해 이만 보내드리기로 했습니다.

헤어지며 기념으로 사진도 찍고 다음 만날 약속도 했습니다. 물론 특강도 약속 받았구요. 그녀를 실은 차가 멀어지는 모습을 한참이나 바라보며 정말 오랜만에 맛있고 멋있는 점심을 했구나 하고 생각했습니다.

이쯤 되면 눈치 채셨나요, 그녀가 누구인지? 그녀는 시인이신 이해인 수녀님이십니다. 올해 예순여섯 되신 소녀이시지요. 저는 그녀와의 첫 데이트를 이렇게 보냈습니다.

이 가을 문득 세상과 아름다운 사랑을 나누고 싶다면 시집 한 권 사보세요. 시가 들려주는 세상이 여러분을 유혹할 것입니다.

식사 전에 읽는 한 편의 시.
식사 중에 읽어보는 또 한 편의 아름다운 시.
식사 후 여운처럼 남는 마지막 시.
가십이 난무하는 식사 자리와는 비교할 수 없는
격조가 있습니다.

사람과 사람이 만나면
역사가 이뤄집니다

얼마 전 원고 청탁을 받았습니다. 저의 고등학교 3학년 담임이셨던 이한준 서울 반포고 교장선생님의 정년을 맞이해 제자들이 그분을 회고하는 글을 모아 문집을 만드는 데 필요한 원고를 써달라는 것이었습니다. 오늘은 그 글을 소개하려 합니다.

1976년 봄, 나는 대일고 3학년이 되었다. 나의 꿈은 좋은 대학교, 아니 더 솔직하게는 서울대학교에 합격하는 것이었고 그 꿈을 이루는 데 학교 수업은 절대적이었다. 그때도 형편이 넉넉한 극소수의 아이들은 과외를 받았지만, 학교 등록금도 제때 내지 못하던 나의 사정으로 과외는 다른 나라 이야기였다. 그래도 꿈만은 누구 못지 않았고 어려운 가정환경에서 탈출하는 유일한 창구는 서울대학교에 합격하는 것이었다.

그런 만큼 3학년 담임선생님이 누가 되느냐는 우리의 미래를 좌우할 중대한 일이었다. 3학년 담임은 우리 자신의 미래가 걸린 문제만이 아니었다. 대일고등학교의 미래도 함께 걸린 문제였다. 대일고등학교는 신설 학교로 우리가 2회 졸업 예정생이고 그나마 1회는 평준화 직전에 시험을 보고 들어와 수준이 낮은 편이었다. 서울대학교 입학자가 거의 없을 정도였다. 그러니 학교로서는 우리 학년에 모든 걸 걸었다고 해도 과언이 아니었다.

그 담임선생님으로 오신 분이 바로 지금 반포고등학교 교장선생님이신 이한준 선생님이셨다. 아마도 학교 측에서 무던히도 고민해 3학년 담임을 맡겼으리라. 그분이 하신 첫 번째 조치는 학생들의 짝을 정해주는 일이었다. 나는 2학년 때 학교에서 3등 이내에 들었고 공교롭게도 키가 나와 비슷한 내 짝도 3등 이내에 들어 나와 각축을 벌이고 있었는데, 둘 다 같은 반에 배정된 것이다. 나는 속으로 3학년 때는 다른 학생과 짝이 되었으면 했다. 그런데 이한준 선생님은 의도적으로 둘을 다시 짝지어주셨다. 이 일은 일종의 사건으로 학내에 알려졌다. 공부 잘하는 학생 둘이 3년 내내 같은 반이 되고, 2년 동안 짝이 된 것이다.

요즘도 흔치 않을 일이다. 아이들의 경쟁심을 유발시키려는 선생님의 전략이었을 것이다. 그리고는 수시로 격려해주셨다. 특별히 수학을 잘했던 나는 수학 담당인 이한준 선생님의 칭찬이 큰 활력소가 되었다. 어려운 가정환경에서 공부하던 나로서는 선생님의 지나가는 말 한마디에도 힘이 솟을 수밖에 없었다.

당시 대일고등학교에는 학사라는 게 있었다. 과외가 흔치 않던 시절이라 방과 후 학생들을 밤 11시까지 데리고 자습을 시키는 독서실이었다. 그런데 그 운영 방법이 독특했다. 그 학사는 작은 방과 큰 방으로 구성되어 있었다. 작은 방에는 20명이 들어가 공부했는데 문과 1등부터 10등, 이과 1등부터 10등이 성적순으로 앉았다.

1등을 해서 맨 앞에 앉아 공부하는 달과, 1등을 빼앗겨 두세 번째에 앉아 공부하는 달의 느낌과 의지가 달랐을 거라는 것은 상상하는 대로다. 나와 내 짝은 맨 앞자리에 다투어 앉았다. 물론 지금의 기준으로는 논란이 있을 수 있는 교육 방법이다.

그러나 1976년 신설 고등학교 선생님들에게는 유일한 선택이었다. 이한준 선생님은 거의 매일 우리와 함께 하교하셨다. 반 학생 60명은 그분의 전부였고 열정을 발산할 유일한 대상이었다. 우리는 그렇게 그분의 사랑과 열정 속에서 공부에만 전념할 수 있었다. 외견상 온화하시고 여성스럽기까지 하시지만, 내면의 교육자로서의 열정과 이상은 그분을 만난 모두를 변화시키기에 충분했다.

이한준 선생님의 열정과 헌신은 1년 후 빛을 발하게 된다. 나와 내 짝은 둘 다 서울대 사회계열에 합격하고 다음해 법학과에 들어가 졸업 후 나란히 사법시험에 합격했다. 그리고 나는 검사로 그는 판사로 법조인 생활을 시작했다. 나는 아직 현직에 남아 있고 그 친구는 대한민국 제1의 로펌에서 변호사로 활약 중이다. 까까머리 아이들의 가능성을 미리 예견하시고 그들을 평생 친구이자 경쟁자로 만들어 그들의 삶에 큰 영향을 미치신 그분의 지혜와 통찰력에 절로 머리가 숙여진다.

우리는 지금도 자주 만난다. 술잔을 기울이며 옛이야기를 할 때면 이한준 선생님 이야기를 꺼내곤 한다. 만약 우리 둘이 이한준 선생님을 만나지 못했다면 우리의 인생은 달라졌을지도 모른다. 사람과 사람이 만나면 역사가 이뤄진다고 한다. 선생님께서는 우리들의 역사를 만들어주신 것이다.

아마도 선생님께서는 우리들을 가르치신 후에도 수많은 학생들의 인생에 역사를 만들어주셨으리라. 그분은 제자들의 삶을 변화시키고, 그 제자들은 대한민국을 변화시켜왔다. 선생님은 평생을 강단에 계셨지만 사실은 대한민국을 바꾸고 계셨던 것이다. 이런 교육자가 계셨기에 오늘의 대한민국이 있는 것이다. 자신의 전부를 던져 제자의 미래를 고민하시고 그들을 먼 미래로 인도해주신 분, 이제 더 이상 교육 현장에 계시지 않으시더라도 어디에서건 누군가에게 지금까지 해오신 것과 같은 방식으로 당신이 만나는 모든 사람의 삶을 바꾸는 역사를 만들어내시며 제2의 인생을 살아가실 것이다.

이한준 선생님, 오늘의 저를 있게 해주신 은혜, 선생님께는 갚지 못하지만 대한민국의 후배들에게 대신 갚아주며 살아가겠습니다. 선생님 존경합니다. 늘 행복하십시오.

여러분의 인생에 영향을 미치신 분이 계신가요? 좋은 의미에서 건 나쁜 의미에서건 사람은 사람에게 영향을 미칩니다. 저는 다행히 학창시절에 좋은 분을 만났습니다.

정말 사람이 사람을 만나면 역사가 만들어지는 것 같습니다.

오늘도 우리는 누군가를 만납니다.

그는 우리에게, 우리는 그에게 영향을 미치고

어쩌면 서로의 인생에 개입하게 됩니다.

여러분은 그분에게 어떤 역사를 만들어드리겠습니까?

여러분만의 '바비큐 파티'는
무엇이 있을까요?

지난주 토요일 서점에 들렀다가 제목이 마음에 끌려 책 한 권을 샀습니다. 일본 미야코다 건설 사장 호다이 히로아키의 《사원과 함께 바비큐 파티를》이라는 책입니다.

미야코다 건설은 직원 서른다섯 명의 작은 건설회사입니다. 이 회사는 불황 속에서도 10년 연속 성장했으며 즐거운 회사, 직원이 행복한 회사로 일본에 널리 알려진 곳입니다. 회사를 그처럼 만들기까지는 여러 가지 요인이 있었겠지만 그중 가장 중요한 게 바로 '바비큐 파티'입니다.

호다이 사장은 이런 의문을 가지고 있었습니다. '왜 대다수의 회사에는 동료들과 함께 즐기는 오락 시간이 없을까?' 그런데 2008년 초 미국 파타고니아의 창업자 이본 취나드가 쓴 《파도칠 때는 서핑을》이라는 책을 읽고 힌트를 얻었습니다.

파타고니아는 3000억 원의 연매출을 올리는 아웃도어 메이커입니다. 그런데 파도가 밀려오면 이 회사의 간부와 직원들은 모두 사무실을 나와 해변으로 달려가 서핑을 즐깁니다. '놀 때는 놀고 일할 때는 일하자'는 이본 취나드의 철학에 따른 것입니다.

호다이 사장은 '파타고니아의 서핑처럼 미야코다 건설에 어울리는 것은 무엇일까?' 고민하다가 호주 유학 시절의 바비큐 파티를 생각했습니다. 그리고는 '맑은 날에는 바비큐를 즐기자'는 슬로건을 만들고 바비큐 파티 규칙 세 가지를 정했습니다. 첫째는 바비큐 시간을 1시간 이내로 할 것, 둘째는 전 직원이 참석하고 1주일에 반드시 한 번은 할 것, 셋째는 예산은 서른다섯 명 전 직원 기준에 1만 엔(14만 원)을 넘지 않을 것이었습니다.

호다이 사장은 8개월의 준비 끝에 2008년 8월 7일 자신이 바비큐 리더가 되어 첫 번째 파티를 성공적으로 열었습니다.

매주 바뀌는 바비큐 리더의 지휘 아래 전 직원이 파티 준비에 참가합니다. 준비 시간 10분 동안 여섯 명이 땔감을 준비하고 불을 지피고, 열두 명이 조리 전까지 음식 재료를 준비하며, 두 명이 정리정돈을 맡습니다. 조리시간 10분 동안 여섯 명이 철판 두 개로 조리를 시작하고, 다섯 명이 바비큐 그릴 주위를 정리하며, 세 명이 음식 담기와 상차림을 합니다. 식사 시간은 20분입니다. 그리고 마지막 20분 동안은 전 직원이 설거지와 청소를 합니다.

미야코다 건설은 바비큐 파티를 통해 무엇을 얻었을까요? 호다이 사장은 이 책을 통해 이렇게 말합니다. "그동안 모르고 지냈던 직원의 본심을 알기도 하고 일할 때는 알 수 없었던 개개인의 캐릭터가 드러나기도 한다. 이렇게 서로가 서로를 파악함으로써 조직이 활성화되고 서로의 강점은 부각되며 약점은 보완된다. 무엇보다 바비큐가 훌륭한 이유는 직원이 '스스로 생각해서 계획하고 자신이 해야 할 행동을 하는' 최고로 효과적인 교육의 장이 된다는 점에 있다."

제가 오늘 이렇게 길게 미야코다 건설의 바비큐 파티를 소개한 이유가 궁금하지 않으십니까? 저는 행복경영을 조직 운영의 철학으로 삼고 여러 가지 정책을 해오고 있습니다. 그런데 이 책을 읽으며 두 가지를 깨달았습니다. 첫째는 제가 가진 행복경영이 방향은 옳다는 확신이 들었습니다. 둘째는 그러나 제가 하고 있는 행복경영 수준은 아직 초보 단계로 많은 고민과 노력이 필요하다는 것도 알게 되었습니다.

저는 대전지검 시절부터 직원들과 즐거운 순간을 경험하기 위해 야외 간담회를 실시해오고 있습니다. 점심시간을 이용해 미술관, 박물관 등을 돌며 직원들과 즐거운 시간을 갖기도 하고, 시간적 여유가 있던 부산고검 시절에는 삼성자동차, 통도사 등 기업과 사찰도 방문했습니다. 그리고 부산고검에 '행복마루'라는 커피숍을 만들어 2주에 한 번 소규모 음악회도 열었습니다.

저는 이것을 행복경영의 대표 정책으로 여겼습니다. 그러나 바비큐 파티와는 큰 차이가 있었습니다. 우리가 한 일이 수동적 즐거움이었다면 바비큐 파티는 능동적 즐거움이었습니다. 당연히 바비큐 파티로부터 얻는 게 더 많았을 것입니다.

아직은 꽃샘추위가 매섭지만 곧 꽃피는 따뜻한 봄이 올 것입니다. 이 봄에 법무연수원에서 파타고니아의 서핑, 미야코다의 바비큐 파티에 해당할 만한 게 무엇이 있을까 생각해봅니다.

집이건 회사건 우리가 몸담고 있는 공간에서
가족이나 직원 모두가 직접 참가해 즐거움을 경험할 수 있는 것이
무엇이 있을까요?
이른바 능동적 즐거움을 위해 무엇을 하고 계신가요?

진정으로 최선을
다해보신 적이 있나요?

혹시 〈믿음의 승부*Facing the Giants*〉라는 영화를 보신 적이 있으신가요? 2006년 미국에서 1억 5000만 원을 들여 만든 저예산영화인데, 전 세계에서 2000만 명이 관람해 3000억 원의 수익을 올린 경이적인 영화입니다. 이 영화는 시골의 2류 고교미식축구팀 이글스가 코치인 테일러의 지도 아래 기적처럼 고교미식축구 챔피언이 된다는 스토리입니다.

테일러 코치는 선수들에게 데스 크롤을 시킵니다. 데스 크롤은 한 선수가 엎드린 상태에서 다른 선수가 그 선수의 등에 등을 대고 올라타면 밑에 있는 선수가 무릎을 땅에 대지 않고 기어 전진하는 훈련입니다. 선수들은 10야드를 채 가지 못하고 무너집니다. 훈련이 끝나고 쉬고 있을 때 누군가 코치에게 묻습니다. "웨스트비 팀이 올해도 셀까요?" 선수 중 하나인 브락이 대꾸합니다. "우리보다 엄청 세지." 코치는 브락에게 "너는 벌써 패자가 된 거야"라고 말하고 브락과 동료 선수 제레미를 불러냅니다.

코치는 브락에게 "다시 데스 크롤을 하는데, 이번에는 네가 정말 최선을 다하는 것을 보고 싶다"고 말합니다. 브락은 빈정대며 말합니다. "제가 30야드라도 가기를 원하는 건가요?" "내 생각에는 넌 50야드를 갈 수 있어. 단, 네가 최선을 다할 거라고 약속해야 한다." 코치의 말에 브락은 장난치듯 "알았어요"라고 대답합니다. 그러자 코치는 브락의 눈을 가립니다. 브락이 이유를 묻자 "네가 더 갈 수 있는데 어느 정도 가서 포기하는 것을 원치 않거든"이라고 대답합니다. 데스 크롤이 시작되고 브락은 제레미를 등에 올리고 눈을 감은 채 무릎을 떼고 엉금엉금 기기 시작합니다.

코칭이 시작됩니다. "브락, 출발! 무릎을 땅에서 떼도록 해. 손과 발만 사용하도록. 잘 가고 있다. 조금 남았어! 노력해 봐! 그래 브락, 그대로 그렇게 간다. 잘 가고 있어! 시작은 좋았어. 조금 남았어!"

브락의 팔이 떨리기 시작합니다. 동료 선수들이 장난스럽게 웃습니다. "20야드쯤 왔나요?" "20야드는 잊어버려. 최선을 다해라. 계속 가는 거다. 바로 그거야!" 브락이 잠시 멈춥니다. "멈추지 마! 넌 더할 수 있어." "끝난 게 아니에요. 잠깐 쉬는 거예요." "계속 움직여. 출발해. 아무것도 할 수 없게 되기 전까지는 그만두지 마라." 브락은 다시 힘차게 팔을 움직이며 앞으로 나아갑니다. "좋아. 브락, 계속 가. 무릎을 땅에서 떼. 계속 가! 최선을 다해! 계속 움직여. 좋아! 포기하지 말고 계속 가. 최선을 다해. 포기하지 말고!”

그저 장난처럼 이 모습을 지켜보던 동료 선수들이 하나둘씩 일어나 코치와 브락의 모습을 진지하게 쳐다봅니다. 코치의 외침이 들려옵니다. “할 수 없게 될 때까지는 절대 포기하지 마. 움직여. 브락! 바로 그거야. 계속 가. 할 수 있는 것을 다해 봐.”“팔이 부러질 것 같아요.”“포기하지 마!” 동료 선수들은 모두 일어서 브락을 따라 천천히 걷기 시작합니다. “더 이상 힘을 낼 수가 없어요.”“힘을 내 봐!” 코치는 브락의 귀에 대고 외칩니다. “포기하지 마. 계속 가.” 코치는 수없이 외칩니다. 이제 브락의 움직임을 따라 코치와 모든 동료 선수들이 하나가 되어 움직입니다. “포기하지 마.”“팔이 아파요!”“알고 있어. 그래도 계속 가!” 2분이 지났습니다.

“여기서부터 서른 번만 더 가!” 운동장에는 코치의 외침만 들립니다. “계속 가!”“팔이 타는 것 같아요.”“타게 놔둬.”“팔이 끓고 있어요.” 뒷걸음질 치며 브락과 같이 기고 있는 코치는 울부짖습니다. “최선을 다한다고 했잖아. 최선을 다해! 멈추지 마!”“너무 힘들어요.”“힘들지 않아, 계속 가!” 브락은 한계에 도달한 모양입니다. 팔을 떼는 모습이 너무도 힘겨워 보입니다. “조금만 더! 스무 번만 더 앞으로 가!” 브락은 사투를 하고 있습니다. 뒤따라 걸어오는 동료 선수들의 표정이 점점 무거워집니다. 코치는 손바닥으로 땅을 치며 브락을 독려합니다. 이것은 훈련이 아니라 전쟁입니다.

“열 번만 더!” 코치의 땅을 치는 속도가 점점 빨라집니다. “포기하지 마. 계속 가. 네 마음을 다해!” “더 이상 못할 것 같아요.” “할 수 있어. 다섯 번만 더.” 1분이 더 지났습니다. “조금만 더! 두 번만 더! 한 번만 더!” 드디어 브락은 제레미와 함께 땅에 쓰러집니다. 그는 3분 15초를 기었습니다. 그는 정말 최선을 다했습니다. 브락 자신도, 그를 앞에서 이끈 코치도, 업혀가던 제레미도, 뒤에서 따라가던 동료 선수들도 모두 느낄 수 있었습니다. 브락이 최선을 다했다는 것을. 브락은 울먹이며 말합니다. “50야드에 왔어요? 더 이상 할 수가 없어요.” 코치는 브락의 안대를 벗기며 말합니다. “브락, 넌 엔드 존까지 100야드를 왔어. 브락, 넌 이 팀에서 가장 영향력 있는 선수야! 네가 진다고 하면 팀은 지는 거야. 네가 필요해. 믿어도 되겠니?” 브락은 대답합니다. “예!”

여러분 모두 인생에서 최선을 다한 기억이 있으실 것입니다. 저도 그런 기억이 몇 개 떠오릅니다. 그러나 우리가 최선을 다했다고 믿는 그 경험이 과연 최선을 다한 것이었을까요. 저는 이 영화를 보며 그것은 브락이 50야드를 가겠다고 마음먹는 것과 같이 제한적인 목표를 위한 최선이 아니었을까 반성하게 되더군요.

저의 한계를 뛰어넘는 최선은 아직 제 생애에 남겨진 도전인 것 같습니다. 그런데 저는 왜 그 도전을 오늘 하지 못하는지 제 자신에게 묻고 있습니다. 여러분은 어떠신가요?

여러분 생애 '최선'은 지나간 역사인가요?

아니면 다가올 미래의 도전인가요? 어느 쪽이어도 상관없습니다.

'최선'에 대해 역사를 가지고 계신 분도

그 기록을 갱신하면 되니까요.

매주 월요일 점심시간에 '국퍼'를 하는 이유

여러분 '밥퍼'라고 들어보셨지요? 최일도 목사님이 운영하시는 노숙자를 위한 급식 봉사 말입니다. 그러면 혹시 '국퍼'라고 들어보셨나요?

매주 월요일 12시부터 12시 반까지 법무연수원 식당에서는 저를 비롯한 네 명의 간부들이 배식대에 서서 200여 명의 교육생들을 위해 국을 퍼줍니다. 제가 법무연수원장으로 부임한 지난 2월부터 시작했으니 4개월 정도 국퍼를 진행한 셈입니다. 제가 처음 국퍼를 제안했을 때 다들 의아해하며 퍽 어색해하더군요. 아마도 한두 번 하다 말겠지 라고 생각했는지도 모르겠습니다. 그런데 이제는 어느 정도 자리를 잡았고, 국퍼에 참여한 간부들도 제법 많습니다.

국퍼의 모습은 이렇습니다. 저를 비롯해 네 명의 간부들이 네 줄로 서서 국그릇과 국자를 들고 교육생 한 사람 한 사람에게 국을 퍼 줍니다. 그냥 단순히 국만 퍼주는 게 아니라 교육생들에게 자신의 소개를 합니다. 저는 "원장입니다"라고 소개를 하지요. 그리고는 무슨 교육을 받고 있는지, 교육은 받을 만한지 물어보고는 많이 드시라고 인사말을 건넵니다. 사실 국을 퍼주는 시간은 10초도 안 걸립니다. 그러나 그 짧은 시간 동안 우리들은 정성껏 교육생들과 대화를 나눕니다. 저희들의 마음을 전하는 것이지요.

작년 여름휴가를 이용해 한 신앙 캠프에 간 적이 있었습니다. 그 캠프는 3박4일 동안 자원봉사자의 힘으로만 운영되었습니다. 모든 과정이 다 감동이었지만 특별히 저에게 감동을 준 것은 매 식사 때마다 자원봉사자들께서 식사 봉사를 해주시는 것이었습니다. 밥퍼, 국퍼, 반찬퍼를 모두 해주셨습니다. 그 자원봉사자들은 사회적으로 대단한 직분을 가지고 계신 분들이었는데, 그곳에서 매우 즐겁게 봉사를 하셨고 봉사를 받는 저희들도 매순간 감동이었습니다.

이를 체험한 뒤 저도 직원들에게 이런 봉사를 해주리라 결심했습니다. 그러나 국퍼가 생각만큼 간단한 일이 아니었습니다. 제가 이 구상을 이야기했더니 당시 부산고검 간부들께서 이런 저런 일리 있는 걱정을 해주셨습니다. "아마도 직원들이 불편하게 느껴 고검장님께서 국퍼를 하시는 날은 식당 이용이 현저히 줄어들 것입니다. 고검장님께서 국퍼를 하시면 다른 간부들도 부담을 느낄 것입니다" 등등의 걱정이었습니다. 결국 부산고검에서는 지난 1월 4일

직원들에게 떡국을 퍼주는 단발성 행사로 끝나고 말았습니다.

그러나 법무연수원에서 국퍼를 해보니 당초 우리가 예상하던 걱정보다는 좋은 면이 훨씬 많은 것 같습니다. 어떤 직원은 일부러 제가 퍼주는 국을 먹기 위해 제 줄에 섰노라고 이야기하기도 했고, 또 국퍼를 하다가 아는 검사나 직원을 만나면 그렇게 반가울 수가 없었습니다. 사무실에서는 경험할 수 없는 아름다운 만남이고 놓칠 수 없는 경험입니다. 직급이 올라가다보면 점점 직원들과 만나는 기회가 줄기 때문입니다.

우리들은 일부러 시간을 내서 봉사활동을 하러 갑니다. 복지기관에 식당일이나 청소 봉사를 하러 가지요. 이름도 모르는 분들을 위해 우리의 시간과 노력을 들입니다. 물론 이런 봉사활동은 매우 중요하고 그 체험을 통해 배우는 것도 많습니다. 그러나 저는 이런 생각이 들었습니다. 그런 봉사를 왜 자신의 직원들을 위해서는 하지 못할까. 낯모르는 분들에게 하는 봉사보다 효과가 더 크지 않을까. 감동이 더 진하지 않을까. 이것이 국퍼를 하게 된 이유입니다.

사실 저는 법무연수원의 국퍼 행사를 매일 하고 싶습니다. 다른 간부나 직원들이 우리 법무연수원을 찾아준 교육생들을 위해 국퍼 봉사를 하면 얼마나 좋을까 하는 생각을 해봅니다. 그러면 법무연수원에 '국퍼 연수원'이란 별명이 생길지도 모릅니다. 그러나 그런 욕심을 자제했습니다. 늘 그렇듯이 아무리 좋은 개선안도 구성원들의 진정한 지지 속에 추진되지 않으면 제가 원장을 그만둔 후 곧바로 없어질 테니까요.

우리 모두는 누군가를 위해 국펴를 할 수 있습니다.

배우자일 수도, 자녀들일 수도, 부모님일 수도, 직원들일 수도 있지요.

여러분 이번 주말 가족들을 위해

국펴를 하시면 어떨까요.

여러분의 인생을 바꾼
'터치 포인트'는 무엇인가요?

지난주 수요일 법무연수원에서 제가 주관하는 마지막 특강을 가졌습니다. 한양대학교 송영수 교수님을 모셔 2011년도 ASTD에 대해 설명을 들었습니다. ASTD는 American Society of Training and Development의 약자로 전 세계 100여 개국 2만 개 기업, 정부기관, 대학 등의 7만 명의 인사 및 교육 담당자들이 회원인 세계적인 민간기구로서 매년 교육 훈련 및 개발 방법에 대한 국제회의를 개최합니다.

지난 5월 22일부터 25일까지 미국 플로리다 올랜도에서 67회 회의가 개최되었고, 전 세계 70개국에서 8500명의 참가자들이 참석했습니다. 그런데 재미난 것은 미국 이외의 국가 참석자 2100명 중 한국이 451명으로 제일 많았다는 사실입니다. 150개 기업과 정부

기관에서 참석한 것입니다. 법무연수원과 같은 정부교육기관도 상당수 참석했습니다. 솔직히 우리는 이런 회의가 있는 줄도 몰랐습니다. 창피한 이야기지만 법무연수원은 글로벌 감각이 다소 부족한 감이 없지 않습니다.

그래서 제가 법무연수원장을 떠나기 전 마지막으로 법무연수원 전 직원들에게 글로벌 감각을 선물해주고 싶어 이 특강을 준비했습니다. 내용 하나하나가 무척 신선했습니다.

그중에서도 세 개의 기조연설 중 하나가 제 마음을 끌었습니다. 기업인 더그 코난트와 리더십 전략가 메테 노르가아드가 같이 연설한 '터치 포인트'라는 개념이었습니다.

'강력한 리더십이 필요할 때 던지는 결정적인 한마디'가 바로 터치 포인트라는 것입니다. CEO가 말한 결정적 한마디가 직원들을 감동시키고 회사 분위기를 바꿔 성과를 올리게 한다는 것이지요. 연설에 소개된 두 가지 사례입니다.

대형 교통사고를 당해 열 개의 갈비뼈와 목뼈가 부러져 3시간의 대수술을 받은 환자가 눈을 떴을 때 듣는 아내의 "I'm here"는 자신이 살았다는 안도감을 줍니다.

대학교 시절 학업에 충실하지 않고 방황하고 있는 학생에게 교수님이 던진 "You can do better"는 그의 인생을 바꿔 교수가 되게 한 결정적 한마디였습니다.

특강을 들으며 저의 인생에 '터치 포인트'는 무엇이 있었는지 회상해봤습니다. 어려운 집안 사정으로 초등학교 5학년 여름방학 때 부산에서 서울로 올라왔다가 방학이 끝났는데도 부산으로 돌아가지 못해 학교를 다니지 못한 채 서울에서 반년을 지낸 적이 있습니다. 그래서 제 인생에서는 초등학교 5학년 2학기가 없습니다. 사정이 나아져 6학년 1학기 때 우이국민학교로 전학을 갔습니다. 그러나 한 학기를 공부하지 못해 따라가기가 쉽지 않았습니다. 약간은 위축되어 제 딴에는 제법 가슴앓이를 했습니다. 이런 사정을 아시게 된 담임선생님은 제게 용기를 주려 노력하셨습니다. 국어시간에 학생들이 돌아가면서 책을 읽게 되었습니다. 제 차례가 되어 다른 학생과 똑같이 읽었습니다. 제가 책을 읽고 나자 담임선생님은 이렇게 말씀하셨습니다. "근호는 우리나라 최고의 성우인 구민 씨보다 더 감정을 잘 넣어 읽는구나"라며 최고의 칭찬을 해주셨습니다. 이 한마디는 나는 다른 학생과 다르고 최고가 될 수 있다는 자신감을 불어넣어주었습니다. 아직도 그 순간이 생생하게 가슴에 아로새겨져 있습니다. 결국 저는 반에서 1등으로 졸업했습니다.

또 떠오르는 터치 포인트가 있습니다. 1995년 3월 고등검찰관 승진 인사가 있었습니다. 이미 1994년 9월에 13기 동기생 스물다섯 명이 고등검찰관에 승진했지만, 저는 승진하지 못했습니다. 이번 인사에서마저 탈락하면 앞날에 희망이 없는 상황이었습니다. 결과는 동기생 서른 명이 추가로 고등검찰관으로 승진했는데 저는 명단에 없었습니다. 당시 집안어른이 정치적 사건으로 구속되는 특수사정이 있기는 했으나 쉰다섯 명의 고등검찰관 명단에 들어가지 못한 것은 절망적인 상황이었습니다. 단 한 통의 위로 전화조차 없었습니다. 그런데 단 한 사람, 사법연수원 한 기수 아래지만 나이는 저보다 많아 평소 형님이라 부르던 한 검사가 전화를 주었습니다. 전화선 너머로 들려오는 그의 굵은 목소리는 이렇게 말하고 있었습니다. "조 검사, 인생은 역전하는 재미로 사는 거요." 수화기를 내려놓고 한동안 멍했습니다. '그래, 역전하자.' 저는 그 터치 포인트에 힘입어 결국 고검장까지 올라갔습니다. 저는 그 이후로도 어려울 때마다 이 말을 회상합니다. 아마도 그 검사는 그때의 말을 기억하지 못할 것입니다.

30년간 몸담았던 검찰과 이별하는 이 순간, 제가 저에게 어떤 터치 포인트를 해줄 수 있을까요. 어떤 터치 포인트가 가장 필요할까요. "인생은 도전하는 재미로 사는 거요." 저에게 꼭 필요한 터치 포인트인 것 같습니다.

여러분 오늘 가까운 사람에게 터치 포인트를 말해보세요.
그의 인생이 바뀔지 모릅니다.
아니 여러분 스스로에게 터치 포인트를 말해보세요.
당신의 인생을 바꿀 수 있습니다.

PART 4

배움, 고난을 통해
얻게 되는 기쁨

당신은 아빠인가요?
아버지인가요?

가정의 달 5월입니다. 자녀가 있으신 남성 여러분께서는 아빠라는 호칭이 익숙하신가요, 아버지라는 호칭이 익숙하신가요?

저는 아이들이 둘 있습니다. 대학교 졸업반인 딸아이와 고등학교 1학년인 아들이 있습니다. 쉰을 넘어선 나이에도 아이들에게 저는 여전히 '아빠'이지요. 다 큰 딸아이마저도 저를 '아버지'라고 부른 적이 거의 없습니다. 오히려 아들 녀석이 장난삼아 가끔 징그럽게 "아부지!"라고 하곤 하지요.

그들에게 아빠는 어떤 존재일까요. 세상 모든 아이들에게 아빠란 어떤 존재일까요. 한마디로 '모든 것'이 아닐까요. 무엇이든 원하면 척척 해주는 존재, 아니 미처 원하지 않아도 무엇을 원할 지까지도 미리 알고 해주는 존재, 그런 존재가 그들이 원하는 '아빠'

아닐까요. 그러나 현실은 그렇지 않습니다. 아이들 눈에는 아빠가 이렇게 보입니다.

> 나에게는 바쁜 아빠가 있습니다. / 회사에 다니는 아빠, 산에 가는 아빠 / 골프 치는 아빠가 있습니다.
> 나에게는 멋있는 아빠가 있습니다. / 나랑 같이 놀아주는 아빠, 나를 웃게 해주는 아빠, / 나를 사랑해주는 아빠가 있습니다.
> 나에게는 무서운 아빠가 있습니다. / 나에게 호통 치는 아빠, 욕을 하는 아빠가 있습니다.
> 나에게는…… / 나에게는 아빠가 많습니다. / 하지만 나는 멋있는 아빠랑 / 평생 살고 싶습니다.

여러분은 바쁜 아빠, 멋있는 아빠, 무서운 아빠 중 어디에 속하시나요? 저는 늘 바쁜 아빠였고 때로는 무서운 아빠였던 것 같습니다. 물론 마음으로는 언제나 멋있는 아빠이기를 원했고 지금도 그런 아빠를 꿈꾸고 있습니다. 그런데 어떤 어린이에게는 아빠가 이렇게도 비쳐져 우리 모두를 슬프게 만듭니다.

> 엄마가 있어 좋다. / 나를 예뻐해주어서
> 냉장고가 있어 좋다. / 나에게 먹을 것을 주어서
> 강아지가 있어 좋다. / 나랑 놀아주어서
> 아빠는 왜 있는지 모르겠다.

초등학교 2학년이 쓴 '아빠는 왜'라는 제목의 시입니다. 아이들에게 '모든 것'이어야 하는 아빠가 '아무것도 아닌 존재'가 되어버려 냉장고나 강아지만도 못한 그 무엇으로 묘사되고 있습니다. 철없는 아이의 글이려니 할 수 있지만 우리의 현실과 다르지 않아 가슴이 아려옵니다.

그렇습니다. 아이들이 바라보고 있는 저는 '아빠'입니다. 그러나 그 아빠는 제 역할을 못해 늘 불평만 듣습니다.

그런데 거꾸로 아이들을 바라보고 있는 저는 어떤 존재일까요. 이제 '아빠'만은 아닙니다. 그들의 '아버지'입니다. 아이들은 이렇게 불러주지 않지만 저는 '아버지'입니다. 철없고 세상모르는 아이들이 희망하는 슈퍼맨 같은 '아빠'가 아니라, 힘든 세상과 맞서 가정을 지켜내고 가족을 감싸 안고 온몸으로 현실이라는 화살을 막아내는 '아버지'입니다.

나이가 들어갈수록 우리에게는 아빠보다 아버지인 순간이 더 많아지고 그래서 고독하고 힘든 순간도 많습니다. 그러나 아이들에게는 늘 '모든 것'을 해줄 수 있는 '아빠'로 살고 싶습니다. 아이들에게는 힘들고 지친 '아버지' 모습을 보이고 싶지 않습니다. 그래서 '아버지'라는 말을 들으면 가슴이 찡해집니다.

문병란 시인은 그런 아버지들을 위해 〈아버지의 귀로〉라는 시를 노래합니다.

서천(西天)에 노을이 물들면 / 흔들리며 돌아오는 버스 속에서 /

우리들은 문득 아버지가 된다.

리어커 꾼의 거치른 손길 위에도 / 부드러운 노을이 물들면 / 하루의 난간에 / 목마른 입술이 타고 있다.

(중략)

까칠한 주름살에도 / 부드러운 석양의 입김이 어리우고, / 상사를 받들던 여윈 손가락 끝에도 / 십 원짜리 눈깔사탕이 고이 쥐어지는 시간,

가난하고 깨끗한 손을 가지고 / 그 아들딸 앞에 돌아오는 / 초라한 아버지, / 그러나 그 아들딸 앞에선 / 그 어느 대통령보다 위대하다!

(중략)

한줄기 주름살마저 / 보랏빛 미소로 바뀌는 시간, / 수염 까칠한 볼을 하고 / 그 어느 차창에 흔들리면 / 시장기처럼 밀려오는 저녁 노을!

무너져 가는 가슴을 안고 / 흔들리며 흔들리며 돌아오는 / 그 어느 아버지의 가슴 속엔 / 시방 / 따뜻한 핏줄기가 출렁이고 있다.

문병란 시인의 스승이신 김현승 시인은 〈아버지의 마음〉이라는 시에서 세상의 모든 아버지들을 위해 이렇게 변호합니다.

아버지의 눈에는 눈물이 보이지 않으나 / 아버지가 마시는 술에는 항상 / 보이지 않는 눈물이 절반이다. / 아버지는 가장 외로운 사람이다. / 아버지는 비록 영웅이 될 수도 있지만

우리는 아버지가 되고자 했던 그 영웅을 '아빠'라 부릅니다. 저는 오늘도 '아버지'는 제 가슴 깊은 곳에 숨겨두고 아이들에게 '아빠'로 나타나렵니다.

정리 정돈,
잘하고 계시나요?

두 달간의 검찰 실무 수습을 마치고 떠날 예정인 사법연수원생 열다섯 명을 데리고 간담회를 겸해 육군사관학교를 방문한 적이 있습니다. 군악대의 축하 연주, 교육 과정 설명, 교육 시설 안내 및 군사박물관 견학 등 알찬 프로그램으로 진행되었습니다. 그런데 정작 저의 눈길을 사로잡은 것은 육사생도의 기숙사 방이었습니다. 각 방의 관물을 정리한 모습은 감탄 그 자체였습니다. 각 생도의 옷장에는 옷들이 순서대로 걸려 있었고 하나같이 반듯했습니다. 서랍에는 군화가 반짝이며 놓여 있었습니다. 말로만 듣던 육사생도의 정리 정돈 현장이었습니다.

저는 이 광경을 보며 한 장면이 떠올랐습니다. 사법연수원 부원장 시절 한 연수생의 아버지와 식사를 하게 되었습니다. 그분은 대기업의 부사장이셨는데 주말마다 부인과 함께 연수생인 딸의 오피스텔을 방문해 청소를 해준다고 했습니다. 어릴 때부터 공부만 하고 자라 집안일을 못해서 지금도 청소를 해줄 수밖에 없다고 하시더군요. 연수생의 공부 부담을 생각하면 어느 정도 이해가 되기도 했지만 육사생도의 옷장을 보니 참으로 비교가 되었습니다.

물론 모든 연수생들이 다 그렇지는 않지만, 공부를 한다는 핑계로 다른 일에 소홀했던 것은 저도 마찬가지였던 것 같습니다. 정리 정돈을 잘하는 것은 개인 차원의 일이 아니라 조직의 생산성과도 연결되어 있습니다. 초도순시 때 각 방을 다녀보니 이를 대비해 청소를 했을 텐데도 정리 정돈이 잘된 방이 많지 않았습니다.

우리는 하루에도 수많은 서류를 생산하고 전달받습니다. 조금만 정리를 게을리하면 책상 위에 서류들이 산더미처럼 쌓이고 말지요. 어떻게 하면 서류를 잘 정리할 수 있을지 처음에는 여러 가지 방법을 찾아 고민도 하지만 곧 익숙해져서 서류더미 속에서 사는 일을 아무렇지도 않게 여기게 됩니다.

《성공하는 CEO들의 일하는 방법》이라는 책의 저자 스테파니 윈스턴은 서류를 정리하는 방법을 네 가지로 제시하고 있습니다. 첫째, 버린다. 둘째, 전달한다. 셋째, 처리한다. 넷째, 파일한다. 바로 이 네 가지입니다. 저는 이 중 가장 중요한 게 첫 번째 '버린다'라고 생각합니다. 제 책상 밑에는 라면 박스 같은 상자가 하나 있습니다. 보고서를 보고 파일링할 필요가 없는 보고서는 이 상자에 버립니다. 버려진 서류는 한 달간 별도의 캐비닛에 보관했다가 그

동안 제가 찾지 않으면 파쇄합니다. 이렇게 하면 서류의 산더미에서 벗어날 수 있습니다.

정리 정돈은 비단 서류에만 국한되는 것은 아닙니다. 가끔은 자신의 인생도 정리 정돈해야 합니다. 주말이면 지난 한 주간을 정리 정돈하면서 내가 계획대로 살았는지, 혹시 누구에게 상처를 준 일은 없었는지 돌아봐야 합니다.

한 달에 한 번쯤은 자신의 약속을 정리해보면 좋겠습니다. 너무 약속에 떠밀려 살아가고 있는 것은 아닌지, 노는 일에만 약속이 편중되어 있는 것은 아닌지 말입니다.

분기에 한 번은 자신이 가지고 있는 물건들을 정리 정돈해보세요. 《단순하게 살아라》라는 책은 사람이 보통 가지고 있는 물건이 1만 개쯤 된다고 하면서 자신이 가지고 있는 물건을 정리 정돈하면 기분이 훨씬 나아지고 생활의 활기를 찾을 수 있다고 지적합니다. 그 결과 단순하게 살게 되면 행복해진다고 이야기합니다. 그 책에서 말하는 버려야 할 물건 목록을 읽어보시면 수긍이 가실 것입니다.

오래된 여행 관련 팸플릿, 일주일 이상 묵은 신문, 반년 이상 지난 카탈로그, 학창 시절의 참고서, 해묵은 크리스마스카드, 지난해 달력, 이제는 더 이상 가지고 있지 않은 전자제품 설명서, 장기적으로 봤을 때 필요하지 않은 잡지 등등입니다.

여러분도 이 중에 가지고 있는 품목이 있으신가요? 주말에 시간을 내어 과감하게 한번 버려보세요. 인생이 조금 더 단순해지고 행복해질 것입니다.

저는 친구나 아는 사람 관계도 반년에 한 번쯤 정리 정돈이 필요하다고 생각합니다. 그저 혹시나 해서 가지고 있는 수많은 명함 중에 앞으로 다시 연락할 사람이 얼마나 될까요? 또 절친한 사이인데 연락하지 않고 지낸 분도 있을 것입니다. 정리 정돈을 하지 않은 인간관계는 혼돈 그 자체이고 여러분의 삶을 복잡하게만 만들 뿐 결코 건강한 관계로 발전시키기 어렵습니다.

끝으로 일 년에 한 번 여러분의 꿈을 정리 정돈해보세요. 너무나도 자질구레한 많은 꿈을 가지고 있어서 큰 꿈을 이루지 못하는 것은 아닌가요? 아니면 정리 정돈할 게 없을 정도로 아무런 꿈 없이 하루하루 살아가고 있는 것은 아닌가요?

정리 정돈을 그저 서류나 물건을 정리하는 것으로만 생각하지 마시고 여러분의 인생을 행복하고 성공적으로 이끄는 중요한 방법이라고 인식하시면 어떨까 합니다.

정리 정돈은 회사에서는 생산성을 향상시키고
개인에게는 성공을 약속합니다.
지난 시간의 묵은 때를 벗겨내는 정리 정돈,
지금이라도 실천해보지 않으시겠습니까?

가족을 사랑한다면
TV부터 끄세요

혹시 매주 빠짐없이 즐겨보시는 TV 프로그램이 있으신가요? 혹시 방영 시간을 놓치면 재방송이라도 보시거나 아니면 인터넷에서 다운을 받아서라도 꼭 챙겨보시는 편이신가요? 그러시다면 여러분도 이미 TV에 중독되신 것입니다.

제 경우를 말씀드리겠습니다. 저의 집에는 TV가 없습니다. 정확하게 말씀드리면 있기는 하지만 이미 골방에 처박혀 없는 거나 마찬가지인 신세가 되었지요. 의도한 것은 아니었는데 몇 년 전 케이블 TV를 끊고 Hana TV를 설치하면서 실시간 방송을 보는 게 불가능해지자(Hana TV는 실시간 방송이 아니라 원하는 것을 원하는 시간에 보는 TV) 점점 TV 보는 일이 시들해졌습니다. 그러다 결국 TV를 거실에서 골방으로 퇴출시켜버렸습니다. 명색이 검사장이 뉴스도 봐야 할 텐데 TV 없이 사는 게 가능하냐고 반문하시는 분도 계십니다. 하지만 별 불편 없이 이렇게 살고 있습니다.

사무실에서는 어떠냐구요? 제 사무실에 와보신 분은 아시겠지만 저는 TV를 컴퓨터 모니터로 활용하고 있고 TV는 거의 보지 않습니다. 그러면 어떻게 세상 돌아가는 것을 알 수 있냐구요? TV를 꼭 봐야 할 때를 빼고는 신문과 인터넷이 그 공백을 메워줍니다.

그런데 주말에 특별한 약속이 없어 아래층에 사시는 어머님네 가서 식사라도 할 경우에는 가족 모두 별 저항 없이 TV를 봅니다. 그런데 문제는 요즘 방송 프로그램이 너무 재미있어서 식사 후에도 TV를 보느라 한두 시간은 후딱 흘러간다는 것입니다. 이것도 여가활용이고 스트레스 해소라고 볼 수도 있지만 뒷맛은 별로 개운하지 않습니다.

우리는 스스로의 삶보다 TV 속 다른 사람의 삶에 대해 더 많은 관심을 기울이고 사는 게 아닌지 모르겠습니다. 어린 자녀를 둔 가정은 이 문제가 더 심각한가봅니다. 그래서 EBS에서 'TV 끄기'라는 실험을 했습니다.

TV를 끄면 어떤 변화가 생겨날까요? 휴일 아침 조용한 하루가 시작되었습니다. 모두에게 TV 소리 없는 휴일은 너무도 낯설게 느껴집니다. 가족 모두가 방향을 잃은 사람처럼 멍하게 할 일을 잊고 방황하기 시작합니다. 소파에 드러눕는 아버지, 숙제를 하는 둥 마는 둥 책상에서 심심해하는 중학생 언니, "TV 볼 거야!"를 외치며 울어대는 유치원생 등 혼란의 시간이 이어집니다.

TV가 사라진 지 하루, 모두가 무엇을 해야 할지 모르고 지나갔습니다. 그리고 일찍 잠자리에 들었습니다. 이렇게 3일이 지나자 제 각기 할 일을 찾습니다. 주변이 눈에 들어오기 시작한 것입니다. 모두 어질러진 집을 치우기 시작했습니다. 아빠는 신문을 보기 시작했고, 아이들도 엄마와 함께 책을 봅니다. 새로운 놀이도 생각났습니다. 누나는 가족 앞에서 학교에서 배운 첼로를 연주하고, 아빠는 아들과 공놀이를 합니다.

TV가 사라진 자리에 가족이 보이기 시작했습니다. 얼마 전까지만 해도 서로 각자의 방에서 자신이 좋아하는 TV 프로그램을 보던 가족들이 얼굴을 마주하고 대화를 나누며 함께 할 놀이를 찾기 시작한 것입니다. 드디어 진정한 의미의 가족이 살아났습니다.

한국인은 하루 평균 3시간 정도 TV를 시청한다고 합니다. 일 년이면 한 달 반, 평생 동안이면 TV 시청에 10년을 낭비하는 셈입니다. 좀 많다는 생각이 들지 않으십니까?

《내 아이를 지키려면 TV를 꺼라》의 저자 고재학 씨는 "가족 간에 TV를 끄자는 공감대를 형성하고 서로 지킬 수 있는 가족 선언문을 만든 다음 본격적으로 TV 안 보기를 실천해야 한다"고 말합니다. 그는 먼저 TV를 거실에서 골방으로 옮기기, 리모컨 없애기, 거실을 도서관으로 꾸미기 등과 같은 구체적인 실천 방법을 제시합니다. 막연한 생각만으로 TV 끄기를 시작한다면 결코 성공할 수 없으며, 반드시 TV 보기를 대체할 구체적인 프로그램을 미리 준비해야 한다고 강조합니다. 그 프로그램의 예로 아이들과 서점 가기,

바둑이나 장기, 체스 등 취미생활 함께하기, 전시회나 연주회에 참여하기, 고아원이나 양로원에 정기적으로 봉사활동 가기 등을 제시했습니다. 여러분, 이제 TV 끄기에 좀 자신이 생기시나요?

저희 집에서는 TV가 없으니 자연스럽게 가족 간에 대화하는 시간이 늘고 함께 모여 책을 보는 시간이 많아졌습니다. 그런데 업무상 필요하다는 이유로 TV가 빠져나간 거실에 컴퓨터를 설치하고는 상황이 또 달라졌습니다. 인터넷을 하는 시간이 점차 늘어나더니 이제는 퇴근하면 무조건 컴퓨터를 켜고 한두 시간을 인터넷과 씨름합니다. 수동적으로 정보를 수집하는 TV 시청보다 능동적으로 정보를 수집한다는 점에서 인터넷 서핑이 다소 나은 행위이기는 하나 '가족'을 실종시킨다는 점에서는 대동소이한 것 같습니다.

그런데 최근 이런 기사를 보게 되었습니다. 세계 최대의 인터넷 검색엔진 구글의 CEO인 에릭 슈미트가 지난 5월 18일 미국 펜실베이니아 대학 졸업식에서 축사를 했습니다. 그는 졸업생 6000명에게 "컴퓨터도 끄고 휴대폰도 꺼라. 주위의 인간적인 것들을 발견하라. 손자가 첫걸음을 뗄 때 할아버지가 그 아이의 손을 잡아주는 것은 그 어떤 것도 대신할 수 없다"고 조언했습니다. 정말 가슴에 와 닿는 말입니다. 구글의 CEO가 인터넷을 끄고 인간을 만나 소통하라고 말한다는 것은 참으로 진리가 담긴 역발상입니다.

저도 이제 거실의 인터넷을 끄렵니다. 부득불 일을 하기 위해 필요한 경우, 예를 들면 월요편지를 써야 한다든지 하는 경우를 제외하고는 인터넷에서 벗어나 가족 속으로 다시 들어가겠습니다.

가족과의 멋진 외식도 좋겠지만

'가족' 회복을 위해 지금이라도

여러분 거실의 TV를 꺼보시면 어떨까요?

며칠 후 진정한 가족을 발견하실 것입니다.

누가
진정한 프로일까요?

아놀드와 브루노라는 두 젊은이가 같은 가게에서 똑같은 월급을 받고 일하고 있었습니다. 그런데 얼마 지나지 않아 아놀드는 승진을 했지만 브루노는 여전히 제자리걸음이었습니다. 브루노는 사장님께 대우가 불공평하다고 불평했습니다. 사장님은 브루노에게 "시장에 가서 오늘 누가 무엇을 팔고 있는지 알아오게"라고 지시했습니다. 시장에서 돌아온 브루노는 농민 한 사람이 감자를 한 차 싣고 와서 팔고 있다고 말했습니다. "양이 얼마나 되던가?" 사장님의 질문에 브루노는 다시 시장에 가서 알아보고 와서 "40자루입니다"라고 답변했습니다. "가격은 얼마던가?" 사장의 물음에 브루노는 또 시장으로 달려갔습니다. 시장을 다녀온 브루노에게 사장님은 아놀드가 어떻게 하는지 보라고 했습니다. 사장님은 아놀드에게 똑같은 질문을 했습니다. "시장에 가서 오늘 누가 무엇을 팔고 있는지 알아오게." 아놀드는 시장을 다녀와 이렇게 보고했습니다. "한 농민이 감자 40자루를 팔고 있는데 1자루에 10달러이며 품질이 꽤 쓸 만해서 혹시 사장님이 구입하실 의향이 있으실지 몰라 샘플로 감자 몇 개를 가지고 왔습니다." 사장님은 브루노를 돌아보며 말했습니다. "이제 왜 아놀드 월급이 자네보다 많은지 알겠지?"

상사 입장에서 무엇이 궁금한지, 무엇이 필요한지 미리 생각해 이것을 실천하는 사람, 그 사람이 바로 일을 잘하는 사람입니다. 상사는 모두 이런 부하를 원합니다.

이런 비서도 있습니다. 제가 아는 어느 대기업 회장님의 여비서 이야기입니다. 회장님이 해외 출장을 가시면 여비서는 그 회장님이 묵으실 호텔에 전화를 해서 우리 회장님은 습관과 취향이 이러이러하니 이에 맞춰 서비스를 해달라고 부탁한답니다. 물론 회장님이 시키지도 않았는데 말입니다. 그리고 회장님이 외국에서 골프를 칠 경우에는 그 회장님이 골프장으로 향하기 직전에 국제전화로 "회장님, 오늘 그곳 골프장 온도가 10도랍니다. 날씨가 쌀쌀할 것 같으니 꼭 스웨터 한 장 더 입고 나가세요"라고 말씀드린답니다. 그 회장님이 여비서를 최고로 생각하지 않을 수 없겠지요. 그 여비서는 직책은 비서지만 직급은 부장급이랍니다.

상사가 예상하는 일을 뛰어 넘어 일을 하는 사람, 그가 진정한 프로입니다. 상사는 이런 부하에게 매혹됩니다.

다른 나라 사람, 대기업의 회사원 이야기를 하니 실감이 안 나시나요? 우리 검찰청 직원 이야기를 하겠습니다. 제가 북부지검장 시절 검사장 부속실에 근무한 문지수 씨 이야기입니다.

어느 날 변호사 한 분이 우리 청에서 수사 중인 사건에 대해 수사가 편파적으로 흐르고 있다며 항의성 전화를 해오셨습니다. 바로 회의를 시작해야 했기에 사건번호를 부속실에 알려달라고 부탁드렸습니다. 회의를 마치고 나오니 문지수 씨가 어느 변호사님께서 사건번호를 알려주셨다고 보고했습니다. 그래서 저는 그 사건이 어떻게 진행되고 있는지 알아보라고 했습니다. 그랬더니 이미 진행 상황을 알아본 문지수 씨는 타 청으로 이송되어 어느 검사실에서 수사 중이라고 보고했습니다. 그래서 이번에는 그 검사님의 소속 부장님과 차장님이 누구인지 알아보라고 하자 미리 준비한 그 청의 배치표를 꺼내며 누구누구라고 보고하는 게 아니겠습니까. 제가 무엇을 물어볼지 훤히 예상하고 두 단계 준비를 한 것이지요. 저는 문지수 씨에게 이렇게 말했습니다. "정말 무서울 정도로 일을 잘한다"고 말입니다.

저는 여러분 모두가 아놀드이고, 부장급 여비서이며, 문지수 씨라고 생각합니다. 우리는 프로입니다.

일을 잘하는 사람은 일을 시킨 사람이

왜 그 일을 시켰는지 깊이 고민하지만

그렇지 않은 사람은 주어진 일만 처리할 뿐 '왜 시켰는지'를

고민하지 않습니다.

부족함이 축복입니다

지난주 부산항만청의 초대로 배를 타고 부산항 부두를 둘러볼 기회가 있었습니다. 부산항은 컨테이너 전용 부두라 대부분의 부두가 컨테이너를 실은 선박들로 가득했습니다. 그런데 한 곳에 곡물을 실은 선박을 대는 부두가 있었습니다. 과거에는 인부들이 쌀가마니를 일일이 등에 져 날랐는데, 이제는 진공청소기 같은 큰 관을 갖다 대고 선박에서 바로 부두의 곡물창고로 곡물을 빨아들인다고 했습니다.

그런데 선박과 곡물창고를 잇는 긴 관 위에 수많은 새들이 앉아 있었습니다. 낙곡들이 많다보니 새들에게는 천국이 따로 없을 테지요. 하루 종일 풍부한 낙곡을 먹고 지내는 이 새들의 신세야말로 우리 모두가 부러워하는 것이었습니다. 그런데 안내인의 설명은 좀 달랐습니다. 이 새들은 너무 뚱뚱해서 잘 날지도 못하고 걸핏하면 자동차를 피하지 못해 치여 죽고 만다고 합니다. 지나친 풍요가 이들에게 재앙을 불러온 것입니다.

우리 모두는 풍요로움을 희구합니다. 그러나 풍요로움이 늘 행복을 가져다주지는 않는 것 같습니다. 오히려 부족함이 행복을 가져다주지요. 저도 이런저런 부족함을 아쉬워하며 무언가를 더 바랄 때가 있습니다. 그러나 자칫 잘못하면 제가 행복해지기 위해 간절히 바라는 풍요가 저를 파멸시킬지도 모른다는 생각을 해봅니다. 오늘은 '부족함과 행복'이라는 주제로 여러 선각자들이 한 말을 모아봤습니다.

부족함과 행복의 관계를 가장 먼저 언급한 분은 그리스의 철학자 플라톤입니다. 플라톤은 행복하기 위한 다섯 가지 조건을 다음과 같이 꼽았습니다. 첫째는 먹고 입고 살기에 조금은 부족한 재산, 둘째는 모든 사람이 칭찬하기엔 약간 부족한 외모, 셋째는 자신이 생각하는 것보다 절반밖에는 인정받지 못하는 명예, 넷째는 남과 겨뤘을 때 한 사람에게는 이기고 두 사람에게는 질 정도의 체력, 다섯째는 연설을 했을 때 듣는 사람의 절반 정도만 박수를 보내는 말솜씨 등입니다. 이들의 공통점은 '부족함'입니다.

공감이 가십니까? 그래도 풍요로우면 좋겠다구요? 그런데 우리는 또 이런 걱정을 합니다. 요즘 아이들은 부족함이 없이 자라서 성인이 되었을 때 조금만 어려움에 처해도 역경을 이겨내지 못한다구요. 맞는 말인 것 같습니다.

여러분들께서도 잘 아시는 일본 마쓰시타 그룹의 회장 마쓰시타 고노스케는 자신의 성공 비결을 이렇게 이야기했습니다. "신은 내게 세 가지 축복을 주셨습니다. 첫째, 가난했기에 어릴 때부터 구두닦이, 신문팔이 등 많은 세상 경험을 쌓을 수 있었습니다. 둘째, 몸이 허약해서 항상 운동에 힘쓰다보니 늙어서도 이렇게 건강합니다. 셋째, 초등학교도 졸업하지 못했기에 세상의 모든 사람들을 나의 스승으로 모시고 배우는 데 주저하지 않았습니다."

그에게는 부족함이 성공의 원동력이 되었습니다. 이래도 부족함을 탓하기만 하시겠습니까? 부족함은 오히려 축복이라는 말이 실감나지 않으시나요? 류시화 씨의《지금 알고 있는 것을 그때도 알았더라면》이라는 잠언 시집에 이런 글이 있습니다.

나는 신에게 나를 강하게 만들어달라고 부탁했다. 내가 모든 것을 이룰 수 있도록. 하지만 신은 나를 약하게 만들었다. 겸손해지는 법을 배우도록.

나는 신에게 건강을 부탁했다. 더 큰 일을 할 수 있도록. 하지만 신은 내게 허약함을 주었다. 더 의미 있는 일을 해보도록.

나는 부자가 되게 해달라고 부탁했다. 행복할 수 있도록. 하지만 난 가난을 선물 받았다. 지혜로운 사람이 되도록.

나는 재능을 달라고 부탁했다. 그래서 사람들의 찬사를 받을 수 있도록. 하지만 난 열등감을 선물 받았다. 신의 필요성을 느끼도록.

나는 신에게 모든 것을 부탁했다. 삶을 누릴 수 있도록. 하지만 신은 나에게 삶을 선물했다. 모든 것을 누릴 수 있도록.

나는 내가 부탁한 것을 하나도 받지 못했지만 내게 필요한 모든 걸 선물 받았다. 나는 작은 존재임에도 불구하고 신은 내 무언의 기도를 다 들어주셨다.

부족함이 축복입니다.

부족함에 안주하라는 말이 아닙니다.
부족함이 도전의 원동력이 되어준다는 말입니다.
풍요로운 미래를 생각하고 현재의 부족함에
감사하십시오.

당신의 삶의 속도는
어떠신가요?

어제 저녁 7시, 집 근처 식당에서 가족 모임이 있었습니다. 외출한 아내가 20분 전까지 집으로 오면 함께 가기로 했습니다. 미리 들어와 있던 딸아이도 아내가 오면 함께 차를 타고 갈 계획이었습니다. 그런데 7시가 다 되어 가는데도 아내로부터 연락이 없어 전화를 했더니 친구 집에서 좀 늦게 출발을 했다며 따로 차를 타고 가라는 것이었습니다. 조금 일찍 서둘렀으면 같이 타고 갈 수 있었을 텐데, 왜 늘 그럴까 싶은 생각이 머리를 확 스쳤습니다. 하는 수 없이 딸아이에게 우리끼리 가자고 했습니다. 그러자 딸아이는 샤워를 하고 머리를 말리는 중이라 시간이 좀 걸린다는 것이었습니다. 약속 시간까지 불과 5분도 남지 않은 상황이었습니다. 당장 출발해도 늦을 판이었습니다. 딸아이에게 "아빠 먼저 차타고 갈 테니 걸어오든지 알아서 해!"라고 외치고 집을 나섰습니다. 식당에 도착해보니 손님들이 먼저 와있었습니다. 정작 호스트인 우리가 늦은 것입니다. 아내와 딸은 각기 5분에서 10분 늦게 도착했습니다. 왜 그 10분을 서두르지 못해 이런 상황을 만드는지 도저히 이해할 수가 없었습니다. 이렇게 기분이 상한 채 시작하는 바람에 그다지 유쾌하지 못한 저녁식사가 되고 말았습니다.

약속을 지키는 것은 의지의 문제라고 생각합니다. 약속 시간보다 15분 전쯤 나가겠다고 마음을 먹고 이를 실천하는 의지 말입니다. 그래서 저는 시간을 잘 지키지 못하는 사람을 예의 없는 사람이 아니라 의지 없는 사람이라고 생각합니다.

그런데 《시간은 어떻게 인간을 지배하는가》라는 책을 쓴 로버트 레빈은 이 문제를 전혀 다른 각도에서 보고 있습니다.

개개인의 삶의 속도가 시간에 대한 우리의 태도를 결정한다는 것입니다. 삶의 속도가 빠른 사람들은 시간을 잘 지키고 시간 낭비를 참지 못합니다. 반면 삶의 속도가 느린 사람들은 시간 약속에 대해 관대한 편입니다. 잘 늦고 시간을 낭비한다는 개념도 별로 없습니다. 그런데 개인의 삶의 속도에 좋고 나쁨은 없으며 다만 다를 뿐이라고 저자는 강조합니다.

위 책에는 이런 내용이 적혀 있습니다. "역사적으로도 시간을 잘 지키는 것의 중요성이 강조된 것은 비교적 최근 일로 19세기 말이다. 1881년 미국 초등학교 5학년 교과서는 직원이 지불을 늦게 했기 때문에 망한 회사와 사면장을 전하는 전령이 5분 늦게 왔기 때문에 처형을 당한 무고한 사람의 이야기를 소개하면서 시간 약속의 중요성을 강조하고 있다. 이 무렵부터 시간을 정확하게 지키는 특성이 성공과 관련을 맺게 된 것이다. 그 이후로 시간에 맞춰 사는 것은 바쁘게 사는 신흥 계급의 결정적 특성이 되었다.”

학자들은 경제 활동이 왕성한 지역에서는 시간을 아주 귀하게 여기고, 같은 맥락에서 시간을 소중히 여기는 지역들은 경제 활동이 활발할 가능성이 높다고 판단해, 경제적 성장과 약속 시간 준수 사이에 상관관계가 있다고 해석합니다.

그렇다면 남자들과 여자들 사이에 시간 약속에 대한 관념이 다른 것도 이런 차이에서 비롯된 것이 아닐까요. 직장생활을 하고 성공에 대한 집착이 강한 남성들은 자연스럽게 삶의 속도가 빨라 시간 약속을 중시하는 반면, 직장생활을 하지 않는 여성의 경우 당연히 삶의 속도가 느리고 따라서 시간 약속에 대해 느긋한 것 같습니다.

이렇게 놓고 보면 아내가 늘 약속 시간에 늦는 게 한편으론 이해가 되기도 합니다. 저와 아내는 근본적으로 삶에 대한 속도가 다른 사람들입니다. 저는 유독 다른 사람에 비해 삶에 대한 속도가 빠릅니다. 아마 가장 빠른 축에 속하지 않을까 싶습니다. 상대적으로 아내는 느린 편입니다. 제 생각에는 예전에는 더 많이 느렸는데 저와 살면서 조금은 빨라진 것 같습니다. 사정이 이러니 서로 삶의 속도가 다르다는 점을 인정하지 않고 그저 약속을 안 지키는 사람이라고만 몰아 부치니 아내가 공감할 수 없는 게 당연합니다.

　그런데 이런 재미있는 연구가 있습니다. 이 연구는 "삶의 속도가 빠른 사람들은 빨리 걷고 빨리 말하는 경향이 있고, 항상 시간을 잘 지키는 것을 자랑스럽게 생각하며, 동시에 여러 가지 일을 처리하려고 한다. 그들은 느리게 행동하는 사람들에 대해 참지 못한다. 그들은 본론을 말하는 데 시간이 너무 걸리는 사람들을 만나면, 할 말을 먼저 해버리는 습성이 있다. 그들이 삶의 속도가 느린 사람들보다 더 오래 일한다는 것은 말할 것도 없다"고 전제한 후 삶의 속도가 관상동맥 질환 발병 빈도에 관련이 있지 않을까에 대해 연구했습니다. 결론은 상관관계가 있다는 것이었습니다. 삶의 속도가 빠른 사람은 성공에 한 발짝 다가갈 수는 있어도 건강에서는 한 발짝 멀어진다는 것입니다.

　위에서 소개한 《시간은 어떻게 인간을 지배하는가》라는 책은 동아프리카에서 온 한 학생의 이야기를 소개하고 있습니다. "그 학생은 '시간을 낭비한다'는 개념이 잘 이해되지 않았다. '내가 살던 곳에서는 시간을 낭비한다는 개념이 없어요. 어떻게 시간을 낭비할 수가 있나요? 어떤 일을 하지 않는다면, 대신 다른 어떤 일을 할 텐데 말이에요. 친구에게 이야기를 하거나 가만히 앉아 있는 것도 무슨 일을 하는 것이지요.'"

　저자는 "진정으로 시간을 낭비한다는 것은 우리가 살아가면서 다른 사람들을 위해 봉사할 충분한 시간을 내지 않는 것이 아닐까?" 하고 조심스럽게 의견을 제시합니다.

당신의 삶의 속도는 어떤가요.

배우자와 같은 속도로 살고 계신가요.

속도가 다르더라도

다른 사람의 속도를 이해할 수 있어야 합니다.

당신의 오늘 하루는
몇 점인가요?

문득 여러분에게 이런 질문을 드리고 싶습니다. 지지난달에 비해 지난달은 얼마나 더 열심히 사셨나요, 아니면 오히려 덜 열심히 사셨나요? 그리고 지난달에 비해 이번 달은 어떠신가요? 더 열심히 사셨나요? 아마도 어느 달에 더 열심히 사셨는지 쉽게 판별하기는 어려울 것입니다. 사정이 이렇다면 최근 3일 동안 언제 가장 열심히 살았는지 판가름 하는 것도 쉽지 않을 것 같습니다.

이렇듯 우리는 하루하루를 어떻게 살아가고 있는지 객관적으로 평가할 수가 없습니다. 우리 모두는 성공을 원하고 그 성공을 위해 목표를 세워 하루하루 열심히 살아가지만, 매일매일에 대한 객관적인 평가가 없다보니 며칠 지나면 이내 지쳐 쉽게 목표를 포기하고 마는 것 같습니다.

그래서 저는 생각했습니다. 하루하루를 수치로 평가할 수 있다면 삶을 좀더 짜임새 있게 살아갈 텐데 하고 말입니다. 그런데 하루를 수치로 평가한다는 게 과연 가능한 일일까요? 굳이 이렇게까지 하면서 살아가야 할까요? 우선 가치관에 따른 판단은 잠시 후로 미루고 그 방법이 있는지, 있다면 어떤 것인지부터 살펴보겠습니다.

저는 하루에 하는 일 중 의미 있는 일을 수치화하기로 했습니다. 그리고 그 분야를 다섯 개로 나눴습니다. 건강, 가족, 드림, 인맥, 학습 이렇게 다섯 가지로 우선 크게 나누었습니다. 그리고 각 분야별로 작은 항목을 네다섯 개씩 나눈 다음 각 항목마다 점수를 매겼습니다. 예를 들면 이렇습니다.

'1 건강' 분야에 '1-1 6시 기상'이라는 항목이 있습니다. 6시에 기상하면 기본 점수가 5점입니다. 그런데 30분 늦게 일어나면 2점씩 감점합니다. 그리고 30분 일찍 일어나면 2점씩 가점합니다. 좀 웃긴가요? 몇 개 항목을 더 설명해드리겠습니다.

'1-4 운동' 항목은 10분 운동에 1점씩 점수를 줍니다. 그리고 주말에 골프를 치면 10점을 주지요. '2-1 아내' 항목은 아내에게 전화하면 1점, 아내와 30분간 대화를 나누면 3점, 같이 외출하면 5점입니다. '2-3 어머님' 항목이라는 것도 있습니다. 아래층에 사시는 어머님께 문안 인사를 드리면 3점, 함께 외출하면 5점입니다. '3-1 계획표 작성'이라는 항목에서는 일일 계획을 세우면 1점, 주간 계획을 세우면 5점, 월간 계획은 10점입니다.

'4-1 전화하기'는 '4 인맥' 분야의 하위 항목입니다. 누군가에게 전화 한 통화를 할 때마다 2점을 부여합니다. 그리고 누군가를 만나면 '4-3 만남' 항목에서 10점을 부여합니다. 분야 5는 학습인데요, '5-1 독서' 항목에서는 독서 20페이지에 1점을 부여합니다. 그리고 영어공부를 위한 '5-2 영어' 항목에서는 영자신문 기사 한 개에 3점을 줍니다.

이렇게 각 항목별로 매일 점수를 매깁니다. 그러면 어느 날은 25점이었다가 그 다음날은 58점을 받기도 하고 또 그 다음날은 놀랍게도 90점을 받기도 합니다. 그러면 저는 3일 동안 매일 더 발전하며 살았구나 하고 평가하는 것이지요.

참 인생 팍팍하게 산다구요? 그런데 이 방법은 가장 고도화된 기업경영 평가방법에 기초를 두고 있습니다. 기업경영 평가방법에 'BSC(Balanced Scored Card)'라는 게 있습니다. MIT 대학의 카플란 교수가 제안한 조직의 성과를 평가하는 모델입니다. 일반적으로 기업의 성과는 재무적인 성과, 즉 매출액이나 순수익 등으로 평가하는데, 이는 단기적 성과에 불과하고, 기업의 장단기 성과를 제대로 평가하려면 네 가지 측면(재무적 측면, 고객 측면, 프로세스 측면, 기업의 성장 및 혁신 노력 측면 등)을 균형 있게 평가해야 한다는 모델로서 1990년대에 발표되어 경영학계에 널리 알려진 모델입니다.

그 방법은 각 측면 별로 하위 항목을 두고 그 항목 별로 기준에 따라 점수를 매겨 각 단위 조직 간에 성과를 비교하고 한 조직은 전년도와 금년도 실적을 통시적으로 수치화해 비교하는 것입니다.

이것을 개인 차원으로 바꾼 게 오늘 제가 소개한 '성공을 위한 자기평가표'입니다.

이 방법은 여러 가지 장점이 있습니다.

첫째, 하루하루를 게임하듯 살아가게 합니다. 만약 인생이 지루하고 재미없게 느껴지신다면 이 방법을 도입해보세요. 매순간이 점수를 따는 일로 바뀌어 스릴이 있습니다.

둘째, 인생에서 중요하지만 시급하지 않아 놓치는 많은 것들을 상기시켜줍니다. 예를 들어 어머님께 문안인사 드리기, 한 달 계획 짜기, 옛 친구에게 안부전화하기 등등 말입니다.

셋째, 자신이 잘하지 못하는 것에 배점을 많이 해서 행동을 유도할 수 있습니다. 아침 운동이 어려우면 배점을 높여 하고 싶은 의욕을 고취시킵니다.

넷째, 성공은 하루아침에 이뤄지지 않고 하루하루 조금씩 점수를 모아 이뤄진다는 것을 시각적으로 확인시켜줍니다.

다섯째, 분야별로 주간, 월간 평균 점수를 내서 어느 분야에 소홀히 하고 있는지 확인하게 됩니다. 그냥그냥 살아가다보면 매일 바쁘기 때문에 어느 분야를 소홀히 했는지 알 수 없겠지만, 만약 학습 분야의 월간 평균 점수가 5점 이하에 불과하다면 학습에 분발하게 되겠지요.

마지막으로 인생을 자기 스스로 통제할 수 있게 됩니다. 《성공하는 사람의 7가지 습관》의 저자 스티븐 코비는 첫 번째 성공 습관으로 자기 주도적으로 사는 것을 들고 있습니다. 이를 위한 가장 효

율적인 방법이 '성공을 위한 자기평가표'를 작성하는 것입니다.

저는 가족과 같이 벌써 여러 달째 이를 실천하고 있습니다. 저보다 아들이 더 재미있어 합니다. 주위의 많은 분들께도 알려드렸습니다. 성공을 위한 자기평가표(Personal Score Card for Success, PSC) 사용을 위해 인터넷 사이트 (한글 www.personalscorecard.co.kr 영문 www.personalscorecard.net)가 만들어져 있고 아이폰 앱스토어에 앱(명칭 personalscorecard)이 있습니다. 한번 활용해보세요.

행복은 그저 그렇게 사는 데서
이뤄지지 않습니다.
매순간 주어진 삶에 최선을 다해야 합니다.
당신의 오늘 하루는 몇 점인가요?

작지만 확실한 차이,
성공의 또 다른 비결입니다

옛날에 남의 집 빨래를 해주고 생계를 이어가는 시어머니와 며느리가 있었습니다. 그런데 시어머니가 빤 빨래는 새하얀 데 반해 며느리가 빤 빨래는 그렇지 못했습니다. 며느리는 시어머니에게 비결을 가르쳐달라고 했지만 시어머니는 "그냥 열심히 빨면 되지!" 하고는 가르쳐주지 않았습니다. 시어머니가 늙어 돌아가시게 되었습니다. 며느리는 임종 자리에서 시어머니에게 제발 비결을 가르쳐달라고 애원했습니다. 시어머니는 힘겹게 입을 열고는 "뽀드득!" 하고 숨을 거두었습니다. 며느리는 그때서야 시어머니의 비결을 알아차렸습니다. 빨래의 물기를 짤 때 손에서 뽀드득 소리가 날 때까지 꼭 짜는 게 시어머니의 비결이었던 것입니다.

　이번에는 아버지와 아들의 이야기입니다.

짚신을 팔아서 생계를 이어가는 부자가 있었습니다. 그런데 아버지가 삼은 짚신은 잘 팔리는데 아들이 삼은 짚신은 영 팔리지 않는 것이었습니다. 아들은 도무지 그 이유를 알 수 없었습니다. 아버지에게 수차례 그 비결을 물었지만 아버지는 알려주지 않았습니다. 그러던 아버지가 임종을 맞이했습니다. 아들은 숨을 거두는 아버지에게 도대체 짚신이 잘 팔리는 비결이 무엇이냐고 물었습니다. 아버지는 "터르르!" 하며 숨을 거두었습니다. 결국 털이 문제의 핵심이었습니다. 볏짚으로 짠 짚신은 안쪽이 꺼끌꺼끌하지요. 아버지는 손님이 편하게 신도록 짚신의 안쪽 털을 일일이 떼어냈던 것입니다.

결국 작은 차이가 성공과 실패를 가르게 됩니다. 이 작은 차이를 '디테일'이라고 합니다.

왕중추라는 중국의 기업인은 이 디테일의 중요성을 강조한 《디테일의 힘》이라는 책을 썼습니다. 그 책에 나오는 '세계에서 가장 위대한 영업사원' 조 지라드의 이야기입니다.

하루는 중년부인이 지라드의 시보레자동차 매장 반대편에 있는 포드자동차 매장에서 걸어 나와 지라드의 매장으로 들어섰습니다. 그녀는 사촌언니가 타는 흰색 포드자동차와 똑같은 자동차를 사고 싶은데 포드자동차 영업사원이 한 시간 후에 오라고 해서 시간을 때우러 왔다고 했습니다. 지라드는 그녀에게 매장을 한번 둘러보도록 했습니다. 그런데 그녀는 묻지도 않는 말에 이렇게 대답했습니다. "오늘이 저의 쉰다섯 번째 생일이에요. 자동차를 사서 저

에게 선물하려고 해요." "아, 부인. 생일 축하드립니다!" 지라드는
부인을 안내해 순백색의 시보레자동차 앞에 섰습니다. "흰색을 좋
아하신다고 하셨죠? 이것은 순백색입니다." 그 순간 조금 전 지라
드가 귓속말로 뭔가를 지시했던 직원이 매장 문을 열고 들어섰습
니다. 그의 손에는 장미꽃 다발이 들려 있었습니다. 지라드는 꽃다
발을 부인에게 전하며 다시 한 번 생일을 축하했습니다. 부인이 지
라드의 매장을 나서는 순간 그녀의 손에는 순백색 시보레자동차의
키가 들려 있었습니다.

지난 금요일 법무부 장관님께서 부산검찰을 지도방문하셨습니다.
모두가 노력한 결과 매우 감동적인 지도방문이 될 수 있었습니다.

저는 지도방문을 준비하면서 각 행사 때마다 '감동'을 넣어보자
고 지시했습니다. 준비팀은 저의 지시에 잘 따라주었습니다. 장관
님 지도방문은 매년 거행되고 다른 청에서도 늘 겪는 일입니다. 그
러면 어떤 지도방문이 장관님 기억에 남는 지도방문이 될까요? 오
늘의 이야기처럼 작은 차이가 모든 것을 좌우합니다.

우리가 이번에 준비한 '작은 차이'는 무엇이었을까요?

첫째, 공항에 도착한 장관님께서 차로 이동하는 동안 가장 궁금
하게 여기실 부분이 무엇일까 생각해봤습니다. 아마도 지금 달리
고 있는 길이 어느 길이며, 방향이 어디인지에 대한 지리적인 부분
일 거라고 생각했습니다. 그래서 부산 지도에 공항에서부터 장관
님이 이동하시는 길을 싸인 펜으로 표시하고 방문 기관을 표시해
드렸습니다. 첫 번째 차이입니다.

둘째, 장관님께 손바닥만 한 일정표 수첩을 만들어드렸습니다. 종전의 A4용지의 일정표는 휴대하실 수 없어 불편해하셨기에 이번에는 호주머니에 들어가는 손바닥 일정표 수첩을 코팅해서 만들어드린 것입니다. 이는 특히 수행한 분들이 유용했다며 감탄을 하더군요.

셋째, '장관님과 대화' 시간의 행사장 현수막입니다. 여러분 기억나시나요? 통상의 검찰청 행사 현수막은 '법무부 장관님의 지도방문을 환영합니다'라고 한 줄로 써서 행사장 무대 뒷벽에 거는 것이지요. 그런데 무대에 이미 검찰 마크 판이 설치되어 있어서 두 가지가 서로 겹쳐 별로 멋있어 보이지 않았습니다. 고민 끝에 그 검찰 마크 판을 충분히 다 덮는 직사각형 크기의 현수막을 생각해냈고 그 현수막 왼쪽에는 장관님 사진을, 오른 쪽에는 '법무부 장관님의 부산검찰 첫 방문을 진심으로 환영합니다'라는 문구를 적어 넣었습니다. 기존의 것과 차이가 있었지요. 효과는 만점이었습니다.

마지막으로 한 여실무관이 장관님께 여실무관 전원과 사진을 찍어달라는 애교 있는 요청을 함으로써 행사 마지막에 기념사진을 찍었습니다. 장관님 좌우에 선 여실무관들은 과감하게 장관님과 팔짱까지 꼈지요. 장관님의 흐뭇한 표정에서 작은 차이가 성공했다는 직감이 들더군요.

누구는 마무리라고 표현하고 누구는 디테일이라고 표현합니다.
그러나 핵심은 똑같습니다.
'작지만 확실한 차이!'
우리 모두 일하면서 고민해야 할 대목입니다.

당신의 시간은
누가 통제하고 있나요?

혹시 《시간을 지배한 사나이》라는 책을 아시나요? 1990년 정신세계 사에서 출간되었다가 2000년 절판된 책입니다. 이 책은 소련의 저명한 과학자 류비세프의 일생을 소설 형식으로 소개하고 있습니다.

류비세프는 자신 특유의 시간 관리 통계법을 고안해 일생 동안 자신의 활동을 꼼꼼하게 기록하고 통계를 내 철저하게 시간을 관리한 실존 인물입니다.

류비세프는 자신의 활동을 제1부류(과학 연구)와 제2부류(나머지)로 나눴습니다. 예를 들어서 1965년 8월 제1부류 업무는 기본 과학 연구 59시간 45분, 곤충 분류학 20시간 55분, 부가적 업무 50시간 25분, 조직 활동 5시간 40분 등 합계 136시간 45분이었습니다.

그리고 '기본 과학 연구' 59시간 45분은 분류법에 대한 보고서 작성 6시간 25분, 잡무 1시간, 다도노파에 대한 논문 교정 30분, 수학 공부 16시간 40분, 일상 참고서 랴프노프 55분, 일상 참고서 생물학 12시간, 학술 통신 11시간 55분, 학술 메모 3시간 25분, 도서색인 6시간 55분 등이었습니다.

이런 무시무시한 시간 정리는 결국 그의 철저한 메모 및 일기 습관에 기초하고 있었습니다. 시간 통계법을 시행하기로 결심한 뒤 56년 동안 하루도 빠짐없이 자신이 하루 동안 한 일과 그것에 걸린 시간을 분 단위로 정확하게 기록했습니다. 통상적인 일기가 아니라 일종의 시간 명세서인 셈입니다.

책에 인용된 세네카의 말입니다. "모든 것이 죄다 우리의 것이 아니라 남의 것이라오. 오로지 시간만이 우리 자신의 재산이라오. 시간이란 다시 찾을 수 없는 유일한 재산임에도 불구하고 사람들은 조금도 시간을 아낄 줄 모르고 있다오."

류비세프는 생물학, 곤충학, 과학사에 정통하고 철학, 문학, 역사에서도 전문가를 능가할 정도의 경지에 이르렀습니다. 그는 70권의 전문서적과 원고지 1만 2500장 분량의 논문과 글을 남겼으며, 1만 3000마리의 곤충 표본과 그에 대한 보고서를 작성했습니다. 보통사람으로서는 흉내도 못 낼 일입니다.

류비세프의 이야기를 들으시면서 과연 이렇게까지 살아야 하나 하는 생각이 드셨을지도 모릅니다. 저도 꼭 이렇게 살자는 뜻은 아닙니다. 그러나 우리가 자신의 시간을 어느 정도는 통제해야 한다는 생각에서 이 이야기를 소개해드렸습니다.

　얼마 전 워크샵에 다녀온 적이 있습니다. 저는 그 워크샵에서 특별한 경험을 했습니다. 워크샵에 들어가는 순간 참석자들은 시계와 핸드폰을 모두 제출했습니다. 그리고 워크샵은 실내에서 진행되었는데, 창문을 모두 가려 시간의 흐름을 전혀 알 수 없게 했습니다. 시간을 알 수 없게 되자 사람들이 모두 순한 양이 되었습니다.

　만약 시간을 알았더라면 "1시인데 왜 점심을 안 주냐?", "밤 12시가 넘었는데 왜 재우지 않냐?"는 등의 불만이 터져 나왔을 텐데, 시간을 모르니 모두 노예처럼 양순했습니다.

　시간을 자신이 통제하지 못하고 다른 사람이 통제할 경우 사람이 얼마나 무력해지는지를 뼈저리게 알게 되었습니다. 우리는 모두 좀비가 된 느낌이었습니다. 시간을 철저하게 통제한 류비세프와는 정반대로 시간을 빼앗기고 완벽하게 통제당했던 것이지요. 아마도 평생을 이렇게 산다면 우리는 노예와 다를 바 없는 삶을 살게 될 것입니다.

　우리는 스스로의 시간을 통제하고 있을까요? 겉으로는 자신이 통제하는 것처럼 생각되어도 멍청하게 몇 시간 동안 텔레비전을 보면서 텔레비전에 의해 통제당하고, 친구들과 별다른 의미 없이 부어라 마셔라 하며 술에 의해 통제당하며, 몇 시간 동안 컴퓨터 게임을 하면서 컴퓨터에 의해 통제당하는 등 하루의 상당 부분을 그 무엇에 의해 통제당하고 있습니다.

　류비세프처럼 살 수는 없어도 적어도 자신의 시간을 다른 그 무엇에 빼앗긴 채 살아갈 수는 없는 일입니다. 저의 워크샵 경험상

시간을 빼앗긴 삶은 나의 삶이 아니라 남의 삶이라는 사실을 절감
했습니다.

여러분은 여러분의 시간을 스스로 통제하고 계신가요?
아니면 다른 그 무엇에 의해 통제당하고 계신가요?
진정한 나의 삶은
스스로 시간을 통제하는 데서 시작됩니다.

수사는 예술일까요, 과학일까요?

저는 정부인사 발령에 따라 부산고검장 직을 마치고 법무연수원장으로 자리를 옮깁니다. 28년간의 검찰 생활을 통해 수많은 이별을 경험했기에 이제는 둔감할 때도 되었으련만 여전히 가슴이 허전하고 시려옵니다.

먼 옛날 초등학교도 들어가기 전 부산에 살던 꼬마 조근호는 서울에서 친척이라도 왔다가 가버릴 때면 그 아쉬움에 한없이 울며 며칠씩 가슴앓이를 하곤 했습니다. 어릴 적 그 아픔이 가슴에 상처로 남아 50이 넘은 이 나이에도 이별을 이야기하면 그 상처가 덧나곤 하지요.

누군가 사랑이 깊으면 깊을수록 이별이 더 아프다고 하더군요. 부산고검에서 저는 너무도 많은 분들의 사랑을 받았고, 또 많은 분들을 무던히도 사랑했나봅니다. 이토록 가슴 한 구석이 아픈 걸 보면 말입니다. 그리고 그동안 만났던 부산 분들이 저에게 주신 따뜻한 마음과 해운대 바다가 안겨준 추억은 그 아픔을 더해주기만 합니다.

그러나 늘 그래왔던 것처럼 겉으론 웃으며 떠나렵니다. 시리고 아픈 가슴은 저만의 소중하고 아름다운 느낌이니까요. 다만 다행스러운 것은 이별 준비를 미리 해두었다는 것입니다. 월요편지 사이트 www.mondayletter.com을 만들어 두었으니 비록 몸은 부산고 검 검찰 가족과 헤어지더라도 여전히 월요편지를 통해 매주 만나게 될 것입니다.

떠나는 마당에 여러분에게 '화두' 하나를 던지고 싶습니다.

검찰이 하는 '수사'가 예술일까요, 아니면 과학일까요? 무슨 소리냐구요? 좀더 자세히 설명을 하겠습니다. 예술과 과학의 차이는 이렇습니다. 예술은 같은 'Input'을 넣어도 사람에 따라 'Output'이 제각각입니다. 상상력과 창의성 때문이지요. 그러나 과학은 같은 'Input'을 넣으면 실험하는 사람이 달라도 동일한 프로세스를 거쳐 같은 'Output'이 나옵니다.

그러면 수사가 예술인가요, 아니면 과학인가요? 저는 오래도록 아니, 지금까지도 수사를 예술이라고 생각하고 살아왔습니다. 그러나 곰곰이 생각해보면 수사가 예술이 되면 법적 안정성이 사라지고 중구난방이 되어버리겠지요.

물론 수사하는 사람이 다를 경우, 과학 실험처럼 100퍼센트 동일한 결과를 가져오지는 못하겠지만 어느 정도 동일한 결과가 예측되어야 합니다. 그것이 정의의 관념에 부합합니다.

수사와 비슷한 다른 분야를 소개해드리겠습니다.

1970년대 하버드 로스쿨과 하버드 MBA 학자들을 중심으로 '협상(Negotiation)'에 대한 연구가 시작되었습니다. 협상이 과연 예술인지 과학인지에 대한 연구를 시작한 것입니다. 그 이전에는 학자들은 협상이 사람에 따라 결과가 달라지는 전형적인 '예술'적 속성을 지니는 것이라고 생각했습니다. 그런데 윌리엄 유리, 로저 피셔, 브루스 패튼과 같은 학자들은 이에 의문을 품었습니다. '협상'에도 일정한 원리가 있을 것이라고 가정했습니다.

그로부터 30~40년 동안 활발한 연구가 진행되어 상대방의 생각을 바꾸는 기술인 협상에는 일정한 기법, 즉 원리가 있다는 게 밝혀졌고, 이것이 협상학으로 발전해 오늘날 로스쿨과 MBA의 필수 과목이 되었습니다.

그러면 수사의 경우는 어떨까요? 수사가 과학이 되려면 '수사'를 지배하는 원리, 법칙 같은 게 있어야 합니다. 그러나 우리는 이 부분에 대해 그다지 연구되어 있지 않은 것 같습니다. 이 부분이 정립되면 수사의 공정성, 형평성도 더 확고해질 것입니다. 금언과 같은 '수사 10계명'이 아닌 검증된 법칙으로서의 '수사 10계명'이 필요합니다.

저는 법무연수원에서 이 화두를 붙잡고 지내보려 합니다.

우리나라 검찰이 국민들로부터 존경과 신뢰를 받으려면
누가 수사를 하더라도 비슷한 결과가 나와야 하지 않을까요?
지금도 물론 그렇다고 대답할 수 있지만,
수사할 때 반드시 거쳐야 하는 원리가 있다면 보다
공정해지겠지요.

PART 5

경청, 누군가를 진정 사랑하는 방법

진정한 친구를
가지고 계신가요?

알브레히트 뒤러는 미술 공부를 하고 싶었지만, 가난 때문에 학비를 댈 수 없자 공부를 포기해야만 했습니다. 이런 뒤러에게 한스라는 친구가 있었습니다.

어느 날 한스가 찾아와 말했습니다. "지금 상황으로는 우리 둘 다 공부를 계속할 수 없을 것 같아. 우선 네가 먼저 미술 공부를 하는 거야. 난 일을 해서 학비를 댈게. 네가 공부를 다 마치고 난 다음에 내가 이어서 공부를 하는 거지. 그땐 너도 돈을 벌 수 있을 테니 내 학비를 대주면 되잖아?" 한사코 사양하는 뒤러를 학교로 보내고 한스는 일을 하며 매달 뒤러에게 학비를 보냈습니다. 그렇게 몇 년이 흘러 뒤러는 학교를 무사히 마치게 되었고, 그림도 조금씩 팔리기 시작했습니다.

학교를 졸업한 뒤러는 기쁜 소식을 전하기 위해 친구가 일하는 식당으로 달려갔습니다. 문을 열고 들어선 뒤러는 창가 아래 무릎을 꿇고 기도하고 있는 한스를 발견했습니다. "하나님! 제 손은 이미 너무 굳어버려 그림을 그릴 수가 없습니다. 저의 몫까지 뒤러가 해낼 수 있도록 도와주시고, 뒤러가 아름다운 그림을 그리는 훌륭한 화가가 될 수 있도록 해주세요." 자신을 위해 아낌없는 희생을 하고도 그것으로 부족해 자신의 성공을 위해 간절히 기도하고 있는 친구 한스를 바라보며 뒤러는 하염없이 눈물을 흘렸습니다. 뒤러는 그 자리에서 연필을 들어 한스의 기도하는 거칠고 투박한 손을 그렸습니다. 이 그림이 바로 알브레히트 뒤러의 명작 〈기도하는 손〉입니다.

여러분은 '한스'와 같은 친구를 가지고 계신가요? 저는 지난 주말 몇몇 고등학교 친구 부부와 함께 한 친구의 집들이에 갔었습니다. 신혼 때나 하던 집들이를 20년이 훌쩍 지나 한다는 사실과 한동안 뜸했던 친한 친구들을 만난다는 사실에 마음이 무척 설렜습니다. 예상대로 우리들은 시간가는 줄도 모르고 밤 12시까지 이야기꽃을 피우다 헤어졌습니다.

그런데 어느새 친구들이 나이가 들고 서로의 처지가 변하면서 예전처럼 그렇게 편한 사이만은 아니라는 사실을 깨닫고는 세속화된 자신의 모습에 소스라치게 놀라기도 합니다. 어느 친구는 지위 때문에 불편하고 어느 친구는 돈 때문에 불편하고 어느 친구는 서로의 관심사 때문에 불편합니다. 그래서 흔히 이런 말을 하곤 하나

봅니다. 어릴 적 친구보다 사회에서 만난 서로 처지가 비슷한 사람이 더 편안하다고 말입니다.

그러나 '한스' 같은 친구는 사회에서 만난 사람 중에 있지 않고 어릴 적 친구 중에 있을 것이라는 게 저의 생각입니다.

그런데 더 중요한 것은 '한스' 같은 친구가 있는 것보다 자신이 '한스' 같은 친구가 되어주는 일입니다. 어떻게 하면 우리 모두 누군가의 '한스'가 될 수 있을까요? 그런 좋은 친구가 될 수 있을까요?

리즈 호가드가 쓴 《영국 BBC 다큐멘터리 행복》에서는 타인에게 좋은 친구가 되는 법에 대해 이야기합니다.

첫째, 타인에게 관심을 가지라고 조언합니다. 자기중심적인 사람은 친구를 얻을 수가 없다는 말입니다.

둘째, 먼저 말을 걸라고 충고합니다. 모임에 가서 누군가가 자신에게 관심을 가져주기를 기다리지 말고 먼저 말을 걸어보라는 것입니다.

셋째, 친구들과 새로운 도전을 하라고 말합니다. 친구 사이를 풍요롭게 만들고 싶다면 자원봉사를 하든, 독서 모임을 하든, 여행을 하든 공동의 목표를 가져보라고 권합니다.

넷째, 사회 생활로 친분을 쌓은 사람하고만 사귀는 태도를 버리라고 지적합니다. 당신의 공적인 지위를 재확인해줄 뿐인 친구들만으로는 우정의 참맛을 느낄 수 없다는 것입니다.

저는 특히 네 번째 조언이 가슴에 와 닿았습니다. 언제부터인가 우리는 옛 친구들을 만나는 데 소홀히 하고 새 친구를 사귀는 데

골몰합니다. 그러나 옛 속담에도 있듯이 포도주와 친구는 오래될수록 좋다고 하지 않습니까.

1937년 미국 하버드 대학 2학년에 재학 중이던 남학생 268명을 대상으로 72년간 그들의 인생 사례를 연구한 결과가 최근 발표되어 화제를 모았습니다. 1967년부터 이 연구를 주도해온 하버드 의대 정신과의 조지 베일런트 교수는 "삶에서 가장 중요한 것은 인간관계"라고 결론지었습니다. 여러분의 친구관계, 인간관계는 몇 점이나 되시나요?

고개를 숙이면
부딪치는 법이 없습니다

새로운 검찰총장이 내정되고 곧이어 검찰 수뇌부 인사가 있을 것입니다. 이런 시기에 어떤 마음을 가져야 하는지 생각해보고 싶습니다.

어려운 시기가 되면 검찰은 늘 고립무원임을 다시 한 번 깨닫습니다. 검찰 일의 속성이 검찰의 처지를 그렇게 만든다는 숙명론적 견해가 제법 설득력도 있습니다. 그러나 그것만으로는 다 설명되지 않는 무언가가 있는 것만 같습니다.

어느 연못에 아름다운 황금색 비늘을 가진 물고기가 살고 있었답니다. 다른 물고기들이 그를 부러워하며 곁에 가려고 했지만 너무 도도해서 아무도 접근하지 못했습니다. 황금물고기는 혹 자신의 비늘이 다칠까봐 다른 물고기들이 다니지 않는 길로만 다녔고 마을 축제도 멀리서 바라보기만 했습니다. 언제부턴가 그는 늘 혼자였습니다. 황금물고기는 친구가 없는 것이 슬펐습니다. 그 무렵 다른 연못에서 이사를 온 물고기가 그의 아름다움에 반해 말을 걸었습니다. 둘은 곧 친구가 되었습니다. 어느 날 이사 온 물고기가 황금물고기에게 부탁을 했습니다. "친구야, 너의 아름다운 비늘을 하나만 내게 주렴. 그걸 간직하고 싶어." 그러자 황금물고기는 선뜻 자신의 황금 비늘을 하나 내주었습니다. 이를 본 다른 물고기들도 너도 나도 비늘을 달라고 졸랐습니다. 마침내 비늘을 다 주고 난 황금물고기는 보통 물고기처럼 되었지만 친구가 생겨 외롭지 않았습니다. 어느 날 밤 연못을 지나던 어떤 사람이 연못 전체가 황금색으로 반짝이는 것을 보고 깜짝 놀았습니다. 물고기들이 하나씩 지니고 있는 황금색 비늘이 저마다 아름답게 빛나고 있었던 것입니다.

이 우화를 읽으며 황금색 비늘이 다칠까봐 다른 물고기들과 어울리지 못하던 황금물고기의 이미지에 검찰의 이미지가 오버랩 되는 것은 저만의 자괴감 때문이었으면 좋겠습니다. 검찰이 하는 일이 워낙 특수하고 중요해서 우리 검찰이 타기관의 질시를 받고 때로는 국민들로부터 비난과 질책을 받는 한이 있더라도 지금의 우리 입장을 고수해야 하는 것인지, 아니면 황금비늘을 나눠준 황금물고기처럼 우리가 가진 것을 나눌 때 우리가 해야 하는 일, 우리가 하려는 일이 더 쉽게 달성되는 것은 아닌지, 사고의 혼돈 속으로 빠져들게 됩니다. 그러나 분명한 것은 황금물고기가 황금색 비늘이 다칠까봐 다른 물고기와 어울리지 못하더라도 도도해하고 교만해하는 자세는 버려야 하지 않을까요?

여러분 이조시대 벼슬을 한 맹사성이란 분의 이야기를 들어보셨나요? 이 분은 열아홉에 장원 급제해 스무 살에 경기도 파주 군수가 되었답니다. 소년급제를 한 터라 늘 자만심으로 가득 차 있었습니다. 어느 날 그가 고승을 찾아가 물었습니다. "이 고을을 다스리는 사람으로서 내가 최고로 삼아야 할 좌우명은 무엇이라고 생각하시나요?" 그러자 스님이 답했습니다. "그건 어렵지 않지요. 나쁜 일을 하지 말고 착한 일을 많이 베푸시면 됩니다." "그런 건 삼척동자도 다 아는 이치인데 먼 길을 온 내게 해줄 말이 고작 그것뿐이오?" 맹사성은 거만하게 말하며 자리에서 일어나려했습니다. 그러자 스님이 녹차나 한 잔 하고 가라며 그를 붙잡았습니다. 그는 못이기는 척 자리에 앉았습니다. 그런데 스님은 찻물이 넘치도록 그의 찻잔에 자꾸만 차를 따르는 것이었습니다. "스님, 찻물이 넘쳐 방바닥을 망칩니다!" 맹사성이 소리쳤습니다. 하지만 스님은 태연하게 계속 찻잔이 넘치도록 차를 따르고 있었습니다. 그러고는 잔뜩 화가 난 맹사성을 물끄러미 바라보며 말했습니다. "찻물이 넘쳐 방바닥을 적시는 것은 알고, 지식이 넘쳐 인품을 망치는 것은 어찌 모르십니까?" 스님의 이 한마디에 맹사성은 부끄러움으로 얼굴이 붉어졌고 황급히 일어나 방문을 열고 나가다가 그만 문에 세게 부딪치고 말았습니다. 그러자 스님이 빙긋이 웃으며 말했습니다. "고개를 숙이면 부딪치는 법이 없습니다."

우리 검찰이 앞으로 어떻게 해야 하는지에 대해서는 여러 가지 논리가 있고 해법이 있을 것입니다. 그러나 검찰인의 자세는 바로 이 머리를 숙이는 것 이외에 달리 방법이 있을까 싶습니다. 오늘날 우리가 외부와 부딪치는 많은 일은 머리를 숙이지 않아 문에 부딪친 맹사성처럼 고개를 숙였더라면 피할 수 있는 일이 아니었을까요? 모두에게 지혜가 필요한 시기입니다.

법무연수원의 옥상정원으로 나가는 문이 낮아
걸핏하면 머리를 부딪치기에 고민 끝에
문 이름을 바꾸었더니 부딪치는 사람이 없어졌습니다.
그 문의 이름은 '겸손의 문'입니다.

사람을 사귀는 데
얼마나 능숙하신가요?

대체적으로 돈, 명예, 권력 등을 가지고 있는 사람들이 사람을 사귀는 데 더 서툴다고 합니다. 왜 그럴까요? 그들은 자신의 필요에 의해 먼저 사람에게 다가가기보다는 다른 사람이 자신의 필요에 의해 다가오는 경우가 더 많습니다. 그렇다보니 상대방이 나이가 많든 적든 자연스럽게 자신이 주인공이 되어 화제를 이끌어갑니다. 대부분 자신이 이야기를 하지요. 그런 만남을 뒤로 하고 집으로 돌아오면서 자신이 참 멋진 만남의 시간을 가졌다고 생각합니다.

그러나 상대방의 입장이 되어 생각해보십시오. 그 사람은 상대방의 비위를 맞추기 위해 별로 재미없는 이야기를 군소리 없이 들어주고 맞장구도 쳐주었습니다. 제 이야기가 지나친 비약일까요? 제 자신의 만남을 돌이켜봐도 이런 모습과 별반 다르지 않은 것 같습니다. 여러분은 어떠신가요?

만남의 핵심은 과연 무엇일까요. 사람들은 왜 누군가를 만나는 것일까요. 다른 사람으로부터 훌륭한 지식을 얻기 위해서일까요. 그럴 수도 있겠습니다만, 가장 기본적인 의미의 만남은 서로의 외로움을 달래기 위해서일 것입니다. 자신의 이야기를 들어줄 상대를 찾는 것이지요. 오늘도 서로 자신의 이야기를 들어줄 상대를 찾아 약속을 하고 저녁을 함께 하는 것입니다. 그런데 서로 자신의 이야기를 하려다보니 이야기를 하지 못한 한 쪽은 만남을 뒤로 하고 돌아오는 길에 해결하지 못한 자신의 외로움이 남아 있는 것입니다.

그래서 전문가들은 만남의 핵심을 '공감하기'라고 단언합니다.

심리학자 레오 바스카글리아가 소개한 이야기입니다.

할아버지 한 분이 암 진단을 받았습니다. 그런데 암 진단을 받은 날부터 그 할아버지는 난폭해졌습니다. 식구는 물론 주변 사람들을 향해 욕을 하고 입원해서는 의사와 간호사에게까지 포악하게 굴었습니다. 목사도 카운슬러도 아무런 도움이 되지 않았습니다. 가족들은 포기 상태에 빠졌습니다. 그러던 어느 날 평소 할아버지와 말벗을 하던 동네 꼬마가 병문안을 왔습니다. 식구들은 혹시나 하는 생각에 아이를 병실로 들여보냈습니다. 그런데 놀랍게도 꼬마가 30분간 할아버지를 만나고 나온 이후 할아버지의 태도가 완전히 바뀌었습니다. 화도 누그러지고 사람들도 만나기 시작했습니다. 사람들은 너무 이상해서 그 꼬마에게 물었습니다. "도대체 무슨 이야기를 했니?" 그 꼬마는 이렇게 답변했습니다. "그냥 할아버지와 함께 30분간 울었어요." 이 꼬마는 할아버지의 아픔을 자신의 아픔처럼 느끼고 운 것입니다. 만남의 핵심은 바로 이것입니다. 타인의 기쁨과 슬픔에 공감하는 것 말입니다.

다음으로 자신을 낮추라고 강조합니다. 만남에 있어서는 상대의 마음을 편하게 만드는 게 중요하다는 것입니다. 그러나 누구든지 대단한 사람에게는 쉽게 접근하기 어려운 법이지요. 겸손함은 어려운 관계에 물꼬를 트는 첫 번째 단계입니다. 전문가들은 자신이 대단한 존재라는 사실은 나중에 알려주어도 좋다고 조언합니다.

끝으로 서로에게 도움이 되어야 만남이 지속된다고 합니다.

아마존 강 유역에 사는 야노마모 족은 부족끼리 좋은 유대를 맺기 위해 추장들 간에 특이한 합의를 한다고 합니다. 한 부족은 자신이 기르던 개들을 모조리 죽이고 다른 부족은 닭을 모조리 죽인답니다. 그러면 자연스럽게 자신의 부족에게 없는 개나 닭을 이웃 부족에 의존하게 되어 두 부족은 왕래가 잦아지고 서로 친근해진다는 것입니다.

대부분의 우리들은 상대방으로부터 호의를 받으면서도 상대방을 위해 뭔가를 해줄 생각은 거의 못하고 지내지요. 이 생각이 저만의 쓸데없는 기우이기를 바랍니다.

진정한 관계는 서로 주고받는 것이라는 것쯤은
당연한 일로 알고 있으면서도 우리는 너무나도 받는 데만
익숙해 있는 게 아닌지 모르겠습니다.

혹시 일기 쓰실 생각
없으신가요?

여러분은 혹시 일기를 쓰고 계신가요? 우리의 기억 속에는 일기에 대한 추억이 한두 가지쯤은 남아 있게 마련이지요. 저에게 남아 있는 추억은 모두 좋지 않은 것들입니다.

첫 번째 추억은 국민학교 5학년 때 방학숙제인 일기 쓰기를 해가지 못하는 바람에 선생님에게 호되게 야단을 맞은 것이고, 두 번째 추억은 서울지검 초임검사 시절 차장검사님께서 일기를 쓰냐고 물어보셔서 안 쓴다고 했더니, 그러니 문장이 이 모양이지 하시며 힐난했던 기억입니다.

이처럼 우리에게 일기는 숙제나 공포의 대상이었습니다. 그래서인지 나이가 들어서도 일기를 쓰는 사람이 매우 적은 것 같습니다.

저는 성인이 되어 여러 번 일기 쓰기에 도전했습니다. 1992년 8월부터 1993년 7월까지 스페인에서 연수 생활을 할 때, 그때의 특별한 추억을 간직하고픈 생각에 일기 쓰기에 도전했던 적이 있습니다. 그런데 걸핏하면 2주씩 밀려 한꺼번에 일기를 쓰느라고 끙끙댄 적이 한두 번이 아니었습니다. 그 후 10년이 지난 2002년과 2003년 다시 일기 쓰기에 도전해 2년간 일기를 썼던 적도 있었습니다.

여러분은 어떠신가요. 혹시 일기를 쓴 적이 있으신가요? 아니면 생애 한 번도 일기를 써보지 않으셨나요?

1000명의 죽음을 옆에서 지켜본 호스피스 전문의 오츠 슈이치는 《죽을 때 후회하는 스물다섯 가지》라는 책에서 열두 번째 후회로 '내가 살아온 증거를 남겨두었더라면' 이라는 후회에 대해 이야기합니다. 인간은 누구나 자신이 살아온 발자취를 남기고 싶어 합니다. 우리네 속담에 호랑이는 죽어서 가죽을 남기고 사람은 죽어서 이름을 남긴다는 말도 바로 이런 인간의 속성을 나타낸 것입니다. 오츠 슈이치는 열일곱 어린 나이에 백혈병으로 세상을 떠난 소녀의 애틋한 마지막 편지를 소개하면서 독자들에게 "당신은 인생을 살아온 증거로 무엇을 남기고 싶은지" 묻습니다.

화가는 그림을 남기고 학자는 연구서를 남길 것입니다. 오츠 슈이치는 가족이나 친지에게 편지라도 남기면 어떻겠냐고 권합니다.

그러나 저는 단연 일기를 쓰자고 주장하고 싶습니다. 하루하루가 지나가면 제가 산 날에 대한 기억이 제 자신에게서조차 빠져나가고 맙니다. 그러면 누가 기억해줄까요. 아무것도 남지 않습니다. 그러면 제 과거는 무(無)로 돌아가는 것일지도 모릅니다. 저의 과거를 기록한 한 자 한 자는 그 자체가 저의 삶이지요.

그런데 막상 일기를 쓰려고 하면 이게 참 쉽지 않은 일이라는 것을 알게 됩니다. 여간 독한 마음을 먹지 않고서는 불가능하지요. 그래서 고바야시 케이치는 4행 일기를 권하기도 합니다. 5분이면 쓸 수 있는 네 줄짜리 일기, 첫째 줄에는 그날 있었던 사실을 적고, 둘째 줄에는 그 사실에 대한 자신의 느낌을 간단하게 적고, 셋째 줄에는 오늘의 교훈이 무엇이었는지를 적습니다. 그리고 마지막 줄에는 내일은 어떤 자세로 살 것인지 자신의 선언을 적으라고 합니다.

그의 주장에 따르면 이 일기를 쓰는 데는 단 5분밖에 걸리지 않지만, 이 짧은 투자로 하루하루를 기록하는 의미도 있고 나아가 목표를 달성하는 효과도 거둘 수 있다고 합니다. 한번 시도해봄직 합니다.

그러나 역시 정통파는 하루하루 일어난 일을 수필로 적는 것입니다. 훗날 읽어보면 그날의 느낌과 감정이 그대로 묻어나지요. 2002년 9월 12일자 제 일기입니다. 초가을 밤 우수에 젖어 잡문을 끄적거리는 그날의 제가 생생하게 떠오릅니다.

계절의 법칙만큼 엄격한 것은 없는 듯하다. 언제까지나 계속될 것 같던 한여름의 더위도 어느덧 기억의 저편으로 사라지고, 창문으로 밀려드는 차가운 밤바람에 얼굴을 돌리며 새벽녘의 서늘함이 걱정되어 창문을 꼭꼭 잠그는 초가을이 찾아왔다.

요즘은 잠이 줄어 밤 12시를 넘어 잠자리에 들기 일쑤다. 어젯밤에도 기쁜 마음으로 거금을 들여 구입한 책들이 자신을 돌보지 않는 주인장의 게으름을 비웃기라도 하듯 비스듬하게 꽂혀 있는 것을 보고는 '독서'라는 단어를 떠올렸다. 읽은 책보다 읽어야 할 책, 어쩌면 평생 읽지도 못할 책을 더 많이 가지고 있는 것은 지적 갈증에 대한 목축임인지 아니면 습관적 자기과시인지 알 수 없다. 그래도 오늘 밤만은 책을 꺼내들지 않겠다고 다짐한다. 나 자신과의 대화를 방해할지도 모르니 말이다.

나 자신과의 만남은 언제나 반성과 후회로 시작되어 용서로 이어지다가 새로운 각오와 다짐으로 끝이 난다. 이제 내 나이 불혹의 40대 중반으로 접어들고 있다. 내가 이룬 것은 무엇이고 이룰 수 있는 것은 무엇인지와 같은 통속적인 질문에 또 맞서보련다. 가을밤에는 이것이 제격이다. 아마 오늘밤에 해답을 찾을 수는 없겠지만 적어도 단초 정도는 찾으면 좋겠다. 아니 오늘 밤에는 찾지 않는 편이 낫겠다. 내일 아니 모레 또 이런 밤이 있을 테고 그 밤을 위한 것도 남겨두어야 하니까.

올 가을 나는 많은 밤을 나 자신과 만나야겠다. 그동안 헤어져 오래오래 만나지 못했으므로. 동거를 하고 있으면서도 말이다. 그래서 이 가을 마지막 밤에는 나 자신과의 보람 있었던 만남을 이야기하며 풍요로웠던 가을을 찬미해보고 싶다.

너무 내용이 서글픈가요. 그래도 그날의 저 자신을 이렇게 정확하게 떠올리게 해주는 것은 일기밖에 없을 것입니다. 제 기억만으로는 도저히 이런 섬세함을 드러내지 못할 테니까요.

사라져 가는 인생의 조각을 붙잡고 싶지 않으신가요?
일기를 쓰시면 가능해집니다.
매일매일이 아니라 며칠 만에 한 번씩 쓰더라도
훗날 값진 추억이 될 것입니다.

소통,
바로 성공의 비결입니다

옛날 이메일을 뒤지다가 사법연수원을 졸업하고 판사 임관을 앞두고 있는 어느 연수생으로부터 받은 편지를 발견하고 다시 한 번 읽어봤습니다. 제가 사법연수원 부원장으로 있을 때 제 특강을 들었고, 또 제가 지검장으로 있던 대전지검에서 검찰시보를 한 인연이 있는 연수생이었습니다.

이메일에는 그 연수생이 제 특강을 듣고 공부를 결심했고 그 결과 사법연수원장 상을 받았다는 내용과, 인사를 하러 대전지검에 갔더니 제가 북부지검으로 전근을 가고 없어서 이렇게 이메일을 보낸다는 내용이 담겨 있었습니다.

1000명의 연수생이 제 특강을 들었고 그중에서 대전지검에서 시보생활을 한 사람은 20여 명쯤 됩니다. 그러나 이렇게 검사장에게 이메일을 쓸 수 있는 사람은 많지 않습니다. 저는 그 이메일을 다시 읽으며 참 기분이 좋아졌습니다. 그 연수생이 멋진 소통을 해주었기 때문입니다.

여러분은 상사와 어떻게 소통하고 계신가요. 또 후배와는 어떻게 소통하시나요. 검찰 생활을 10여 년쯤 하면 함께 근무했던 분들의 수가 많아집니다. 상사도 20여 명, 부하는 수십여 명이 생기게 되지요. 여러분은 그들과의 인간관계를 어떻게 이어가고 계신가요. 오늘의 주제는 바로 이 소통입니다.

제가 아는 어느 CEO께서는 과장 시절부터 지금까지 함께 근무한 직속 직원들에게 매년 연하장과 선물을 보낸다고 합니다. 지금은 그 수가 수백 명에 이른다고 합니다. 같이 근무한 직원들의 이름을 기억하고, 가끔 전화도 하고 만나기도 한답니다. 이런 상사를 모시면 얼마나 행복할까요. 오랜 세월이 흘러도 자신을 기억하고 챙겨주는 상사. 듣기만 해도 멋지지 않습니까?

몇 달에 한 번 아무 일 없이 그냥 잘 지내시냐고 전화를 걸어오는 옛 부하가 있습니다. 제가 범죄정보기획관으로 근무할 때 제 부속실에서 근무했던 박순영 주임입니다. 지금은 계장으로 근무하고 있지요. 어김없이 몇 달에 한 번 전화가 옵니다. 처음에는 의아하기도 했는데 이제는 기다려지기까지 합니다. 범죄정보기획관 시절 같이 근무한 많은 부하 중 가장 기억에 많이 남는 직원일 뿐더러 무슨 일이 있으면 챙겨주고 싶은 사람입니다.

《회사가 붙잡는 사람들의 1퍼센트 비밀》이라는 책의 저자 신현

만 씨는 '직장에서의 인간관계가 곧 승진 대기표다'라는 챕터에서
이런 이야기를 소제목으로 삼고 있습니다.

1. CEO 가까이 가면 살고 멀어지면 죽는다

2. 네트워크는 안 되는 일도 되게 한다

3. 상사와 맞서려면 회사를 떠날 각오를 하라

4. 사내 정치에 무감해선 조직의 중심에 설 수 없다

5. 상가와 회식 장소에서 운명이 결정된다

6. 혼자서 일하려거든 조직을 떠나라

공감이 가십니까? 아니면 이렇게 사느니 차라리 검찰을 떠나겠
다는 생각이 드십니까? 저도 평검사 때는 이런 것에 매우 둔감했
습니다. 그러나 지휘관이 되고 나니 위 소제목에 공감이 갑니다.
여러분이 원하든 원하지 않든 조직은 조직의 논리로 운영된다는
사실을 떠올려보십시오.

공직자로 성공하는 비결 하나를 알려드리겠습니다. 소통하는 법
을 배우십시오. 상사와 잘 소통하면 인정받습니다. 동료와 잘 소통
하면 사랑받습니다. 부하와 잘 소통하면 존경받습니다. 소통은 기
본적으로 상대방에 대한 관심과 감사를 전제로 합니다. 상사, 동료
그리고 부하에게 관심을 가지십시오.

지난주에는 특별 승진을 위한 개별 면접과 집단 면접이 있었습
니다. 그런데 6급 특별 승진 후보자들에게 주어진 집단 면접 주제

는 '검사와 수사관의 바람직한 역할'이었습니다. 이에 대해 후보자들은 한결같이 검사와 수사관 간의 인간관계가 무엇보다 중요하다고 이야기했습니다. '신뢰와 소통'을 가장 중요한 덕목으로 손꼽은 것입니다. 맞는 말입니다. 그런데 어느 후보자가 이런 이야기를 했습니다. "검사와 같은 방에서 지내면서 가장 견딜 수 없는 것은 적막이었습니다." 서로 한마디도 하지 않고 하루를 보낸다면 이보다 더 힘든 일이 어디 있겠습니까? 설마 이런 방이 있을까 싶기도 했지만 더러는 있는 모양입니다. 이런 정도까지는 아니더라도 서로 사무적으로만, 형식적으로만 대하는 방은 꽤 있을 것입니다.

어떤 사람이 친구의 보석 가게에 들렀습니다. 친구는 화려한 다이아몬드와 다른 여러 가지 보석들을 구경시켜주었습니다. 그런데 이상한 보석이 눈에 띄었습니다. 그 보석은 광택이나 찬란한 빛이 나지 않는데도 가격이 비쌌습니다. 그래서 물어봤습니다. "여보게, 저것은 별로 아름답지 않아 보이는데도 값이 꽤 비싼 것 같은데, 왜 그렇지?" 친구는 그 보석을 꺼내서 잠시 동안 손에 꼭 쥐고 있다가 펼쳐 보였습니다. 그런데 놀랍게도 조금 전까지 아무런 빛도 내지 않던 바로 그 보석이 친구의 손에서 눈부시게 광채를 내뿜고 있었습니다. "아니 이봐, 자네 어떻게 한 건가?" 친구는 미소 지으며 말했습니다. "이 보석은 단백석이라고도 하고 오팔이라고도 하는 보석이네. 이 보석은 손으로 잡고 있으면 온도 때문에 아름다운 빛을 낸다네."

우리 모두 잘 알고 있다시피 검사가 되기 위해 얼마나 어려운

과정을 거치는지요. 수사관은 또 어떻습니까. 수십 대 일의 경쟁
을 거친 사람들이지요. 이처럼 우리는 모두 보석과 같은 존재들입
니다. 그러나 그 보석은 홀로 있을 때보다는 누군가가 꼭 붙잡아
줄 때 더 아름다운 빛을 뿜어냅니다. 검사는 수사관에게, 수사관
은 검사에게 이런 존재가 되어야 합니다. 보석을 손으로 따뜻하게
감싸는 심정으로 서로를 대할 때 검사와 수사관의 관계도 바람직
해질 것입니다.

보석 같은 인재 둘 사이에 '적막'이 흐른다면
스스로 내는 빛마저도 사그라질 것입니다.
여러분 각자 서로 보석 같은
인재를 감싸주는 손이 되지 않으시렵니까?

당신의 행복 채굴 능력을
묻습니다

행복이 거창함과 화려함 속에서 나오는 게 아니라 일상의 소소함에서 발견된다는 사실을 깨닫는 데는 많은 시간이 필요한 것 같습니다. 부득이한 사정으로 외부 행사를 삼가하고 지낸 두 달간을 돌이켜 보면서, 평범한 일상 속에 행복했던 순간들이 적지 않음을 깨닫고는 새삼 놀랐습니다.

이른 아침 알람이 울리기 전에 저절로 눈이 떠졌을 때 느끼는 상쾌함은 행복한 하루의 시작을 예고한다. 열어젖힌 창문으로 들어오는 상큼한 해풍은 부산에서만 즐길 수 있는 사치다. 일렁이는 바닷물에 부딪쳐 금빛으로 조각난 햇살의 파편을 바라보고 있노라면 세상이 모두 금으로 칠해진 듯하다.

가벼운 운동복 차림으로 바닷가 길을 따라 동백섬까지 달리는 조깅 코스는 생각만 해도 행복감에 젖어든다. 귓가를 스치는 바닷바람이 전해주는 초여름의 내음은 한여름 해운대 해수욕장의 작열하는 태양과 후끈하게 달궈진 모래를 연상시키며 아직 잠이 덜 깬 아침 기분을 상쾌하게 끌어올린다.

동백나무 숲에서 전해오는 피톤치드는 해풍의 상쾌함을 극대화시켜 저절로 호흡을 키워준다. 송글송글 땀방울이 맺히고 다리가 무거워지며 호흡이 가빠온다. 그럼에도 속도를 줄이지 않고 약 1000미터의 동백섬 산책로를 한 바퀴 돌고나면, 오늘도 뭔가를 해냈다는 뿌듯함과 건강이 한 뼘만큼 자라났을 거라는 근거 없는 희열에 행복감이 전해진다.

샤워기의 물줄기를 타고 온몸에 퍼지는 청결함과 신선함은 세포 하나하나가 살아 꿈틀거리고 있음을 확인시켜준다. 샤워 후 바르는 스킨의 이름 모를 향기에서도 행복감이 묻어난다.

아침을 먹지 않아도 될 만큼 힘이 넘친다. 야채샐러드 위주의 가벼운 아침은 그 맛만큼이나 정신도 상쾌하게 만든다. 약간의 공복감이 주는 쾌감에는 겪어보지 못한 사람들은 상상할 수 없는 짜릿함이 있다.

출근길에 만나는 직원들과 밝은 인사를 나누며 그 인사 속에 서로에 대한 배려와 관심이 스며 있을 거라고 확신해본다. 변함없이 성실한 모습으로 인사하는 박국현 방호장과 벌써 더워지기 시작한 날씨 이야기로 아침을 시작한다.

사무실에서 마시는 블랙커피의 진한 향은 오늘이 어제와는 다른 새로운 하루가 될 것을 예고한다. 아침 회의에서 만나는 낯익은 얼굴들과의 회의도 밝은 주제로 시작한다.

휴대전화가 울린다. 휴대전화에 반가운 옛 친구의 이름이 뜬다. 받기 전부터 설레 괜스레 큰 목소리로 전화를 받는다. 이런 전화 한두 통이면 오후는 이유 없이 기분이 좋다.

구내식당 점심식사 후 청사를 한 바퀴 걷는 산책길에 좋은 분들과 좋은 여건에서 근무하고 있다는 사실을 새삼 깨닫곤 빙그레 미소 짓는다. 하루의 행복이 일상의 사소함에서 비롯된다는 평범한 사실을 깨닫는 데는 적지 않은 세월이 필요하지만, 사소한 행복감을 느끼고 누리는 데는 단 몇 분이면 족하다.

퇴근 후 절대적 자유가 주는 정신적 쾌감은 포기할 수 없는 행복감이다. 무엇이든 할 수 있고, 아무것도 하지 않아도 좋은 자유. 인류가 염원하던 가치다. 퇴근 후 몇 시간은 인류 자유정신의 오랜 투쟁의 결과물을 누리는 시간이다.

저녁식사 후 어제 읽다만《법원과 검찰의 탄생》책자를 다시 읽기 시작한다. 갑오경장 이후 1960년대까지의 법원 검찰 역사를 깊이 있게 연구한 노작이다. 우리 검찰이 오늘날 겪고 있는 문제의 근원을 알게 되는 대목에서는 절로 무릎을 치며 혼자만의 희열에 들떠 저자와 무언의 대화를 나누곤 한다.

아내가 전화를 해 밥은 잘 챙겨먹었는지 묻는다. 아내의 마음 씀씀이가 새삼 고맙다. 늘 당연시 여기던 가족이 천상의 선물임을 문

득 깨닫곤 팔순이 넘으신 어머니께 전화를 하기 위해 버튼을 누른
다. 한마디 한마디가 걱정뿐이시지만 연세에 비해 건강하신 어머님
이 계시다는 것은 무한한 기쁨이다.

분주하던 일상을 멀리하고 세상과 거리를 두면서부터 다시 찾게
된 이 행복 채굴 능력을 잃지 않기를 간구합니다. 다시 세상으로
나가더라도 이 능력만큼은 항상 꺼내 녹슬지 않았는지 보고 또 보
렵니다.

행복마루는 우리에게
무슨 이야기를 건넬까요?

구글 코리아 사무실 곳곳엔 '여기 회사 맞아?' 하는 생각이 들게 하는 시설들이 가득하다고 합니다. 넓은 홀에는 포켓볼 당구대와 스케이트보드 같은 놀이 기구들이 자리하고 있고, 커피 전문점에서나 볼 수 있는 에스프레소 기계가 설치되어 있는가 하면, 전통차를 마실 수 있는 한옥 형태의 다실도 있다고 합니다. 항상 공짜로 무제한 제공되는 스낵바와 음료수 냉장고도 있고, 식사는 호텔급 케이터링 서비스가 제공되며, 자동 안마의자도 있다고합니다.

한 뉴스 기사는 포스코의 창의놀이방인 '포레카'의 소식을 이렇게 전합니다. "포레카는 아르키메데스가 외친 '유레카'와 '포스코'를 합친 말로 임직원의 창의력 향상과 창의 문화 조성을 위해 만든 사내 놀이 공간입니다. 1190제곱미터의 면적에 휴식, 펀, 스터디 공간으로 구성되어 있고, 인문·예술 체험 활동 공간인 예감창 룸을 비롯해 아이디어 창조 공간인 브레인 샤워 룸, 아날로그 게임과 최신의 터치 테이블 게임 룸, 북 카페와 쉼터, 회의나 수다 떨기에 안성맞춤인 사랑방 등 구성도 다채롭습니다. 곳곳에 직원들이 피로를 푸는 모습이 보입니다. 동료로 보이는 남자 직원 둘은 동작으로 인식하는 야구게임에 열중입니다. 사랑방에는 여직원 둘이 수다를 떨고, 알 모양의 소파에서는 한 남자가 잠시 눈을 붙이고 있습니다."

《행복의 건축》의 저자 알랭 드 보통은 "건물은 말을 한다. 건물은 우리 기억과 이상의 저장소가 되어 온갖 일상의 방해물에서 벗어난 이상적 삶을 보여준다. 아름다운 건물은 우리의 열망에 구체적인 형태를 부여한다. 인간의 약함을 채워준다. 다시 말해 우리를 행복하게 만든다"고 말했습니다.

조금 철학적이었나요. 아무튼 건물은 단순하게 공간을 차지하고 있는 게 아니라 자신이 이해하는 행복을 이야기하고 있다는 것입니다. 저는 이 표현이 너무도 마음에 들었습니다.

구글코리아 사무실과 포스코의 포레카는 그곳을 이용하는 직원들에게 어떤 말을 걸까요. 사무실은 그저 딱딱한 공간이 아니라 재미있고 아름다워야 하며 궁극적으로는 그곳을 찾는 사람에게 행복감을 주어 업무 능률을 높이게 해야 한다고 말하는 건 아닐까요.

부산검찰은 지난주 '행복마루'라는 이름을 가진 민원인과 직원의 휴식 공간을 가지게 되었습니다. 아마도 전국 검찰청의 공간 중 가장 아름다운 공간이 아닐까 생각됩니다.

행복마루 역시 우리에게 뭔가 이야기를 하고 있습니다. 우리가 그 공간에 앉아 귀를 기울이면 그 공간은 우리에게 자신이 이해하는 행복을 이야기해줄 것입니다. 아마도 그 행복은 그 공간을 기획한 제가 꿈꾼 행복일지도 모르겠습니다.

저는 그 공간이 세 가지 역할을 했으면 좋겠다고 개소식 인사말에서 전한 바 있습니다.

"첫 번째는 손님을 맞이하는 접대의 장소가 되었으면 합니다. 직원들이 친지들을 편하게 맞이하는 장소, 검찰에 용무가 있어 찾아온 민원인들이 편하게 이용할 수 있는 장소. 즉, 부산검찰의 거실이 되었으면 합니다. 두 번째는 직원들의 소통의 장소가 되었으면 합니다. 직원들이 모여 수다를 떨고 동호회를 하고 회의를 하고 각종 행사를 하는 우리들의 열린 공간이 되길 바랍니다. 세 번째는 영혼의 안식처가 되었으면 합니다. 검찰청에 일이 있어 찾아오는 사건 당사자나 민원인은 모두 영혼에 상처를 입은 분들입니다. 검찰 가족들도 오랜 세월 그들과 생활하다보면 그들의 상처에 감염됩니다. 이 행복마루가 검찰 가족과 민원인의 마음의 상처를 치유해주는 공간이 되길 바랍니다."

행복마루는 이 세 가지 행복 이야기를 우리에게 해줄 것입니다.

여러분이 매일 살아가고 있는 여러분의 공간,

집과 사무실은 여러분에게 어떤 이야기를 전하고 있을까요.

그들의 이야기에 귀 기울여 보신 적이

있으신가요?

데블스 애드버킷을
아시나요?

여러분, 혹시 '데블스 애드버킷(Devil's Advocate)'이라고 들어보셨습니까? 같은 제목의 영화를 연상하시는 분도 있겠습니다만, 그와는 다른 이야기입니다. 가톨릭교회에서 나온 용어입니다. 저는 가톨릭 신자는 아니지만 한번 생각해볼 만한 이야기라 소개하고자 합니다.

가톨릭교회에는 성인(Saint)으로 시성되는 과정이 매우 어렵다고 합니다. 잔 다르크는 시성이 되기까지 5세기가 걸렸고, 테레사 수녀님은 1997년 돌아가셨는데 현재 시성 절차가 진행 중에 있습니다. 로마 교황청은 매우 엄격하고 세밀한 조사 과정을 거쳐 성인으로 시성합니다. 그런데 성인으로 추천되는 분들은 모두 훌륭한 분들이라 조사자들이 자칫 우호적인 편견을 가질 위험이 있습니다.

그래서 교황청은 시성 조사 과정에 데블스 애드버킷, 이름하여 '악마의 변호인'이라는 직책을 두어 그 위험성을 사전에 방지하도록 했습니다. 데블스 애드버킷의 임무는 성인 후보자에게 불리한 정황과 증거를 수집 조사하는 것입니다. 후보자가 생전에 가톨릭 규율을 위반한 적이 없었는지, 신에 대한 불경스러운 일을 한 적이 없었는지 등을 이른바 '악마'의 관점에서 조사하고 문제를 제기합니다. 그래서 후보자가 이런 데블스 애드버킷의 무자비한 공격을 무사히 통과하면 절차를 거쳐 성인이 되는 것입니다.

그런데 이 데블스 애드버킷 제도가 현대 사회에서 위기관리 시스템의 일환으로 활용되고 있습니다. 1995년 1월 멕시코 외환위기 당시 로버트 루빈 재무장관은 부도위기에 몰린 멕시코에 250억 달러를 지원하는 프로그램을 결정해야 했습니다. 결정을 위한 토론이 열리자 루빈 장관은 참석자 중 한 사람에게 데블스 애드버킷의 역할을 맡겨 지원 프로그램의 부당성을 지적하도록 했습니다. 주류 의견에 대해 의무적으로 반대 의견을 가진 데블스 애드버킷을 정해 최적의 의사결정을 내리고자 한 것입니다. 즉, 데블스 애드버킷이 미래의 위험에 대처하고 편견에 사로잡히지 않게 하기 위한 위기관리 시스템의 역할을 하고 있는 것입니다.

반대의 목소리는 이런저런 과정을 통해 많이 제기됩니다. 그러나 대부분의 경우 의사결정 주체는 반대의 목소리에 대해 방어적이 되기 쉽습니다. 그런데 이 데블스 애드버킷은 반대의 목소리를 시스템 안에, 그것도 의도적으로 수용했다는 점에서 의미가 있는 것입니다.

우리가 수사를 하면 변호인들께서 찾아오셔서 이런저런 주장을 하십니다. 우리로서는 그분들의 주장에 정성껏 귀 기울이지만, 그분들은 검사들이 자신들의 주장을 귀담아 듣지 않는다고 불만을 제기하기도 합니다. 그런데 우리가 그 변호사들의 견해를 전적으로 받아들일 수 없는 이유는 그분들이 검찰 조직 밖에서 의뢰인의 이익을 위해 활동하시는 사선 변호인들이기 때문입니다. 그러나 검사들의 판단이 전적으로 옳은 것은 아닐 것입니다. 그렇기 때문에 결재제도가 존재해 검사 결정 과정의 오류를 찾아내고 있습니다.

저는 데블스 애드버킷 제도 이야기를 들으면서 이런 엉뚱한 생각을 했습니다. 검찰 수사과정에 데블스 애드버킷 제도를 활용하면 어떨까 하는 생각 말입니다.

대형 사건을 수사할 경우 수사 검사나 부장, 차장, 검사장 모두 수사의 성공에 대해 관심이 높아 수사의 헛점을 파악하기가 쉽지 않습니다. 이때 검사장이 수사 라인에 없는 중간 간부 한 사람을 데블스 애드버킷으로 임명해 의무적으로 그 수사의 문제점을 지적하게 하는 것입니다. 데블스 애드버킷으로 지정된 검사는 모든 것을 의문의 관점에서 바라보고 사소한 것도 놓치지 않아야 합니다. 그래서 그 검사의 의문점을 모두 해소한 이후 사건 결정을 하게 하는 것입니다. 이렇게 할 수 있다면 사건 결정이 탄탄해질 것입니다.

물론 이 제도를 현실에서 시행하기란 쉽지 않을 것이고 문제점도 많을 것입니다. 그러나 검찰 수사를 둘러싸고 정치권, 언론 등에서 여러 가지 의문을 제기하고 있는 요즘, 이런 현상이 수십 년간 반복되는 것을 바라본 한 사람으로서 답답한 나머지 엉뚱한 생각을 해봤습니다.

여러분의 회식은 권위형인가요,
참여형인가요?

여러분, 요즘 회식들 많이 하시죠? 직장에서나 개인적으로 이런저런 모임이 많은 연말입니다. 얼마 전 부산고검 소속 전 직원을 대상으로 회식에 대한 설문조사를 실시했습니다. 설문에 응한 직원들 대부분은 회식은 단순한 음주가무형보다는 문화형, 레저형이 좋다는 답변을 해주었습니다. 그러면서도 약간의 음주는 곁들이는 게 좋겠다는 답변이 많았습니다. 그 경우 폭탄주를 어떻게 하는 것이 좋으냐는 질문에 대해서는 한 잔만, 그것도 본인이 원하는 경우에 한해서 했으면 좋겠다는 답변이 다수를 이뤘습니다.

우리가 예상한 것과 별반 다르지 않았습니다. 시대가 바뀌고 특히 조직원 중 여성이 많아져 회식 문화도 바뀔 수밖에 없을 것입니다.

그런데 어떤 형태의 회식을 하든지 마지막에는 여럿이 둘러앉아

술잔을 기울이게 됩니다. 이 경우 검찰의 전통적인 모습은 대부분 자리를 주재하는 상사가 이야기를 하고 나머지 참석자들은 그 이야기를 듣는 게 상례였습니다. 저는 이 모습도 이번에 재고해봤으면 합니다.

여러분, 한번 생각해보시죠. 그런 자리에 참석해 말석에서 상사의 이야기를 한두 시간 동안 듣고 폭탄주 몇 잔을 먹으면서 폭탄사로 용비어천가를 읊고 집으로 돌아오는 길에 몹시 허전했던 기억, 없으신가요? 저 역시 그런 기억이 적지 않으면서도 제가 주재하는 자리 역시 그 범주에서 벗어나지 못했습니다.

그런데 지난주 금요일 과거 사법연수원 부원장 시절 함께 근무했던 교수들과 오랜만에 회포를 풀었습니다. 만나서 30분 동안은 종전처럼 제가 주로 이야기하고 나머지 분들은 제 이야기를 듣거나 가까이 있는 분들과 한두 마디 건네고 있었습니다. 저는 갑자기 이 방식을 바꾸고 싶어졌습니다. 그래서 모든 참석자들이 5분 정도 자신의 근황을 이야기하는 시간을 만들었습니다. 그리고 그 이야기 끝에 폭탄주 한 잔을 자신의 양껏 하도록 했습니다.

그랬더니 자신의 업무 이야기, 자녀 이야기 등 개개인의 신변에 관한 이야기들을 털어놓았습니다. 그러면서 그분들이 일 년간 어떻게 살아왔는지, 내년에는 또 어떤 각오로 살아가려 하는지 편린이나마 알게 되었습니다. 참석자 중 한 사람인 이영주 부장은 "이렇게 하니 너무 좋습니다. 그전에는 아무 말도 못하고 말석에 앉아 있다가 가곤 했는데, 모두가 한마디씩 이야기하니 정말 의미 있습니다"라고 새로운 방식에 찬성했고, 나머지 참석자들도 대개 같은 생각이었습니다. 우리의 회식 문화는 그마저도 권위적이었던 모양입니다. 회식을 문화형으로 바꾸든 레저형으로 바꾸든 관계없이 모두에게 한마디씩 할 기회를 주는 참여형, 경청형 회식 문화로 바꾸는 것은 정말 고려해볼 만하지 않을까요?

사적인 모임도 마찬가지입니다. 친구들의 모임도 가보면 늘 이야기하는 사람이 정해져 있지요. 입담 좋은 한두 사람이 이야기를 독점하고 나머지는 대개 듣고만 있습니다. 그렇게 모임을 수차례 해도 듣고만 있던 친구가 과연 어떻게 살고 있는지를 아는 친구는 거의 없습니다. 모임에 참석하기는 하지만 사실은 소외되고 있는 셈이지요.

공적 모임이나 사적 모임에서
어느 누구도 소외시키지 않는 모임이
우리가 지향해야 할 모임의 형태입니다.
경청형 회식 문화, 우리 한번 만들어볼 만하지 않을까요?

침묵의 힘을 아시나요?

오바마 미국 대통령이 애리조나 총기 난사 사건 희생자의 추모식에서 연설을 하던 도중 51초간 침묵한 일이 세계적인 화제가 된 적이 있습니다. 세계 언론들은 "오바마, 추모 연설 51초간 침묵으로 미전역을 울렸다"고 호들갑을 떨었습니다. 궁금해서 연설문의 원문을 구해보고 유튜브에서 동영상도 봤습니다. 침묵과 관련한 연설 내용은 이렇더군요. 오바마는 연설 말미에 총기 난사로 희생된 아홉 살 크리스티나 그린에 대해 이야기합니다.

"잠시만 상상해보십시오. 이제 막 우리의 민주주의에 대해 배우기 시작한 어린 소녀가 있습니다. 시민의 의무에 대해 이해하기 시작했고, 언젠가는 자신이 미국의 미래를 만드는 일에 동참하게 될 것이라는 사실도 깨닫게 되었습니다. 그녀는 학생회 간부에 선출되었습니다. 그녀는 공공서비스가 흥분되고 희망이 넘치는 일임을 알게 되었습니다. 그녀는 자신의 롤 모델이 될 여성 하원의원을 만나기 직전이었습니다. 그 소녀는 이 모든 것을 냉소와 독설을 내뿜는 어른의 눈이 아닌 아이의 눈으로 바라봤습니다. 저는 그 소녀의 기대에 부응하고 싶습니다. 저는 우리의 민주주의가 크리스티나가 상상한 것과 같아지기를 바랍니다. 저는 미국이 그녀가 바라던 나라가 되기를 원합니다. 우리 모두는 이 나라를 우리의 아이들이 꿈꾸는 나라로 만들기 위해 최선을 다해야 합니다."

오바마는 이 멋진 연설을 한 후 허공을 바라보며 말을 잇지 못했습니다. 가슴으로 눈물을 삼키는 듯 보였습니다. 10초가 지나고 20초가 지나고 30초가 흐르자 그는 눈물이 촉촉이 배어 있는 눈을 깜빡였습니다. 그것도 아주 힘들게 말입니다. 그러고도 21초가 더 지난 후에야 그는 간신히 간신히 침묵을 깨고 다음 말을 이어갔습니다.

저는 "시간을 잘 맞춘 침묵은 말보다도 좋은 웅변"이라고 했던 터퍼의 말이 생각났습니다. 이 침묵은 미국, 나아가 세계를 흔들고 그것을 바라보는 이들로 하여금 "인간은 그가 말하는 것에 의해서가 아니라 침묵하는 것에 의해 더 인간다워진다"는 카뮈의 말에 저절로 고개를 끄덕이게 했습니다.

어느 부인이 신부님을 찾아와 남편과 더 이상 못살겠다고 하소연을 했습니다. 신부님은 잠시 생각하다가 입을 열었습니다. “부인, 수도원 우물에서 물을 떠다가 남편이 집에 들어오면 물을 한 모금 입에 머금으십시오. 삼키면 안 됩니다. 그러면 기적이 일어날 것입니다.” 그날 밤, 늦게 귀가한 남편은 평소처럼 잔소리를 해대기 시작했습니다. 부인은 얼른 입에 물을 머금었습니다. 전에 같았으면 부인도 같이 대들었겠지만 물이 입에 있어 아무 말도 할 수 없었습니다. 오히려 물이 새지 않게 입술을 꽉 깨물었습니다. 그러자 남편의 떠드는 소리가 잠잠해졌습니다. 그날 밤, 부부는 싸움 없이 잘 수 있었습니다. 며칠 이런 일이 반복되자 남편이 눈에 띄게 변했습니다. 신경질도 줄고 부인을 친절하게 대해주기까지 했습니다. 부인은 신부님께 감사의 인사를 드렸습니다. 신부님은 미소를 지으면서 말했습니다. “기적을 일으킨 것은 우물물이 아니라 당신의 침묵입니다. 당신의 침묵이 남편을 부드럽게 한 것입니다.”

아마 결혼하신 분들은 부부싸움을 할 때 완전한 침묵을 지키는 게 얼마나 어려운 일인지 잘 아실 것입니다. 그래서 누군가 이런 말을 하기도 했지요. “가장 훌륭한 답변술이란 질문이 부질없음을 증명해 보이는 것이다. 완벽한 침묵 앞에서는 질문이 기진맥진해진다.”

간디는 매주 월요일에는 다른 사람에게 말을 걸지도 않고 다른 사람의 말을 듣지도 않았습니다. 침묵을 통해 자신을 돌아본 것입니다. 많은 사람이 그를 만나러 찾아왔지만 간디는 월요일만큼은 명상을 하고 물레를 돌리고 책을 읽었습니다. 이것이 간디가 자신의 길을 잃지 않은 이유라고 합니다.

이처럼 침묵은 우리에게 많은 것을 가르쳐줍니다. 그러나 침묵하기란 좀처럼 쉽지 않은 일입니다. 침묵에도 연습이 필요합니다. 그래서 유안진 시인은 〈침묵하는 연습을 하고 싶다〉라는 시에서 이렇게 노래합니다.

나는 좀 어리석어 보이더라도 침묵하는 연습을 하고 싶다. 그 이유는 많은 말을 하고 난 뒤일수록 더욱 공허를 느끼기 때문이다.

많은 말이 얼마나 사람을 탈진하게 하고 얼마나 외롭게 하고 텅 비게 하는가?

나는 침묵하는 연습으로 본래의 나로 돌아가고 싶다. 내 안에 설익은 생각을 담아두고 설익은 느낌도 붙잡아두면서 때를 기다려 무르익히는 연습을 하고 싶다.

다 익은 생각이나 느낌일지라도 더욱 지긋이 채워두면서 향기로운 포도주로 발효되기를 기다릴 수 있기를 바란다.

침묵하는 연습, 비록 내 안에 슬픔이건 기쁨이건 더러는 억울하게 오해받는 때에라도 해명도 변명조차도 하지 않고 무시해버리며 묵묵하고 싶어진다.

그럴 용기도 배짱도 지니고 살고 싶다.

저는 4년 동안 매주 월요일, 월요편지를 통해 많은 말을 하였습

니다. 그 편지를 통해 많은 것을 배우고 얻었지만 어떤 주는 편지
를 띄우고 나면 제 스스로 텅 빈 느낌을 갖기도 합니다. 기가 빠진
느낌이라고나 할까요. 그럴 때면 저도 침묵을 통해 뭔가를 충전해
야겠다는 생각을 합니다.

"우리는 침묵을 지켜야만 신의 속삭임을 들을 수 있다"고
애머슨은 이야기합니다.
한 달에 단 하루만이라도 침묵의 연습을 해보면 어떨까요.
그러면 신을 만날 수 있을지 모릅니다.